당신에게 숨겨져 있는
긍정적인 에너지를 찾아내시길 바라면서……

님께 드립니다.
_____

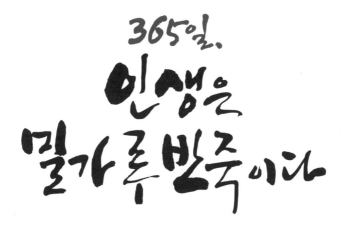

365일, 인생은 밀가루 반죽이다

박해양 지음

GoldenBell

　우리 현대인들은 하루하루를 바쁘게 살아가다가도 문뜩 이렇게 살아가는 것이 정말 의미 있는 것일까?라는 의문을 제기합니다. 왜냐하면 대부분의 현대인은 어쩔 수 없이 떠밀려 살아가기 때문입니다. 이러한 현대인에게 위로를 건넬 수 있는 것은 오랜 삶의 경험에서 우러나오는 삶의 지혜라고 할 수 있는데, 이 책은 힘겨운 일상의 삶 속에서도 매 순간 의미 있는 삶을 살아가려는 사람들에게 든든한 정신적인 위안을 가져다 줄 것으로 판단됩니다.

　이미 저자소개에서 드러나듯이, 이 책의 저자는 수많은 삶의 경험 속에서 얻어낸 살아있는 지혜를 통해서 현대인들이 정말 행복하고 의미 있는 삶을 살아갈 수 있는 자유의 샘터를 제공하고 있습니다. 저자는 이 책에서 동서고금의 지혜에 대한 해박한 지식과 삶의 의미에 대한 철학적 성찰들을 바탕으로 일상에서 경험하는 삶에 대한 명쾌한 설명을 넘어 사회적, 역사적 배경 속에 드리워져 있는 삶의 참된 모습과 가치들을 쉽게 이해할 수 있는 문제로 그려내고 있습니다.

　책의 제목인 「인생은 밀가루반죽이다」가 말해주듯이 저자는 조화로운 삶의 태도가 가져오는 가치 있는 삶의 중요성을 강조하고 있습니다.

　저자는 잘 섞여진 반죽이 훌륭한 요리를 만들어낼 수 있듯이 다양한 삶의 경험에서 빚어지는 의미 있는 삶의 여정을 우리에게 제시해주고 있습니다.

이 책은 가치 있는 삶을 위해서는 하나의 시선이 아니라 다양하게 세상을 보는 자신들이 필요하다는 점을 확인해주고 있습니다.

격동의 시대에 정치가로서, 시인으로서, 사업가로서 처절하게 삶을 살아온 저자의 도전적이면서도 낙천적인 세계관들이 그대로 드러나 있는 이 책은 일상에 드리워져 있는 다양한 가치의 지평들을 포착하여 우리의 삶을 의미있게 살아가는 법을 솔직하고도 해학적인 문제로 잘 드러내줍니다.

독자들이 이 책을 펼치게 되면 과거와 현대의 삶 속에서 일어났었고, 그리고 일어나고 있는 다양한 일들에 대한 저자의 박식한 설명과 비판을 경험할 수 있을 것입니다. 계속해서 책의 페이지들을 넘겨가다 보면 주체들에 대한 단순한 사전적인 설명이 아니라 저자가 체득한 삶의 지혜와 신념들에 자연스레 공감하게 될 것입니다. 이 책의 독자들은 이를 통해서 일상의 삶을 보다 의미 있고 유쾌하게 이끌어갈 수 있는 삶의 활력소를 얻어낼 수 있을 것입니다.

2021년 3월 1일
제주대 철학과 교수 이 서 규

저의 저서(著書)가 아닌 잡서(雜書), '씨부리지 마라'와 '쪽팔리게 살지 말자'의 권두언(卷頭言)에서도 밝혔듯이 저는 작가(作家)가 아니라 잡놈 할 때 섞일 잡(雜)자를 써서 잡가(雜家)입니다.

인생(人生)을 밀가루 반죽에 비유(比喩)한 것은,
밀가루도 반죽을 잘해야 맛있는 짬뽕, 도넛, 빵, 쿠키를 만들 수 있듯이 우리들의 인생도 반죽을 잘해야 아름다운 미래(未來)가 보장(保障)됩니다.

고통(苦痛)이라는 반죽기에, 실패(失敗)라는 반죽기에, 인생(人生)을 집어넣은 다음 촉감(觸感)이 부드럽고 좋아질 때까지 돌리고 치대고 짓이겨 의심(疑心)이라는 첨가물(添加物)을 덜어낸 후, 믿음으로 반죽하면 우리의 생각이 긍정적(肯定的)인 에너지로 잘 숙성(熟成)되어 자신(自身)만의 찬란(燦爛)한 현실(現實)과 미래(未來)가 눈 앞에 펼쳐질 것입니다.

2021년 이른 봄날에
지은이

차례

vi

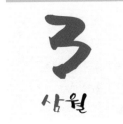

월요일 月曜日

♥ **월요일**, 월요일(月曜日)은 달(月)처럼 살아야 합니다. 보름달처럼 모난 데 없이 둥글둥글하게 세상(世上)을 살아가는 날입니다.

🟊 **지명예언 1 – 경기도 용인시 기흥**(器興)

반도체(半導體)는 정보(情報)를 담는 그릇입니다. 경기도 용인시 기흥 (器興)은 그릇 기(器), 흥할 흥(興), 즉 그릇으로 흥한다는 뜻을 가지고 있으며, 이름처럼 정보를 담는 세계적(世界的)인 그릇인 반도체 공장 이 기흥에 모여 있습니다.

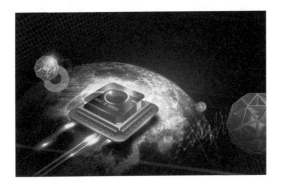

🍀 굶주림은 인간을 짐승과 연결하는 가장 설득력 있는 유혹(誘惑)입니다.
(굶으면 전봇대가 모두 떡볶이, 혹은 오뎅으로 보이니까요.)

| 02

화요일 火曜日

♥ **화요일**, 화요일(火曜日)은 불처럼 살아야 합니다. 불처럼 열정(熱情)적으로 살면서 성공(成功)을 위하여 노력하는 날입니다.

⭐ **지명예언 2 – 전라남도 고흥**(高興)

전라남도 고흥(高興)은 말 그대로 높을 고(高), 흥할 흥(興), 높이 흥한다는 뜻입니다. 고흥군 나로도(羅老島)는 '날으다'라는 우리 말을 한자어(漢字語)에서 음(音)을 빌려 표기한 차음어(借音語)입니다. 고흥 나로도(날으다)에는 말 그대로 높이 우뚝 선 우주기지가 있습니다.

🍀 먹고 산다는 일은 먹고 죽는다는 일과 같은 성질의 노동(勞動)입니다.

| 03

수요일 水曜日

♥ 수요일, 수요일(水曜日)은 물처럼 살아야 합니다. 물처럼 낮은 곳을 택하고 겸손(謙遜)하고 화합(和合)하면서 마음의 평화(平和)를 찾는 날입니다.

⭐ 지명예언 3 - 영종도(永宗島)와 용유도(龍遊島)

1990년 6월 노태우 정부는 신공항 부지로 영종도(永宗島)와 용유도(龍遊島)를 선정하면서 용유도의 산을 깎아 영종도의 바다를 메워 신공항을 건설하는 계획이었습니다. 영종도의 옛 이름
은 보랏빛 제비가 많이 날아든다고 하여 자연도(紫燕島)라 불렸는데, 조선 시대 숙종 때부터 영종도(永宗島)로 부르게 되었습니다. 영종도 뜻을 풀이하면 길다는 뜻의 길 영(永)자와 마루라는 의미를 가진 마루 종(宗)자가 붙어서 이루어진 지명임을 알 수 있으며, 긴 마루는 바로 비행기 활주로를 의미하고, 용유도(龍遊島)는 용이 논다는 뜻으로 비행기가 뜨고 내리는 것을 말합니다. 400여 년 전에 이미 영종도와 용유도에 국제공항이 들어설 것을 예견한 우리 조상님들의 선견지명에 감탄할 뿐입니다.

🍀 거울은 여인(女人)들에게 가장 좋은 친구입니다.

교도소 안에서도 여인들은 거울과 빗만 있으면 지루함을 느끼지 않으니까요.

| 04

목요일 木曜日

♥ **목요일**, 목요일(木曜日)은 나무처럼 살아야 합니다. 한 그루의 나무가 자라서 그늘도 이루고 큰 집의 기둥이 되듯이, 나라의 대들보가 될 수 있는 사람이 되기 위해 노력하는 날입니다.

⭐ **지명예언 4 – 전라남도 광양(**光陽**)**
1970년 말 까지만 해도 전라남도 광양(光陽)은 한적한 어촌(漁村)이었습니다. 광양은 빛 광(光)과 볕 양(陽)으로 지명이 이루어져 있으며, 밤중에 남해고속도로를 지나가다 보면 광양 하늘은 그야말로 온통 빛으로 뒤덮여 있습니다. 우리 조상님들의 선견지명이 신통방통할 뿐입니다.

🍀 뱃속이 텅 빈 거지보다는 머릿속이 텅 빈 거지가 훨씬 불쌍한 거지라는 것을 잊지 맙시다.

| 05

금요일 金曜日

♥ 금요일, 금요일(金曜日)은 천금 같이 말을 해야 합니다. 똑같은 말을 하더라도 남에게 상처 주고 섭섭하게 하고 괴롭게 하고 죄 짓는 말은 하지 말고 가치 있고 희망적인 말을 하는 날입니다.

✪ 지명예언 5 – 경상남도 진양군 내동면 삼계리(三溪里)

1960년에 경상남도 진양군 내동면 삼계리는 진양호 댐이 건설(建設)되기 수백 년 전부터 있었던 지명(地名)입니다.

댐이 들어서자 신기하게도 지명처럼 내(江)가 삼계(三溪)가 되어버렸습니다. 원래 2개로 흐르던 시냇가 강(江)줄기가 범람할 위험이 보이면, 사천만 쪽으로 강줄기를 새로 만들어 흘려보내기 때문입니다. 그런데 묘한 것은 삼계리 마을 앞에 있던 침수정(沈水亭) 즉, '물에 잠기는 집'이라고 500여 년 동안 불리고 있었으니 어쩌면 물에 잠기는 것은 당연한 귀결(歸結)인지도 모릅니다.

♣ 낭만 보존의 법칙에 의하면, 사랑은 나이를 먹지 않습니다.
언제나 사랑은 새롭게 태어나니까요.

♥ 감사합니다. ♥ 고맙습니다. ♥ 사랑합니다. **17**

| 06

토요일 土曜日

♥ **토요일**, 토요일(土曜日)은 흙과 같은 마음으로 살아야 합니다. 아무리 더러운 똥, 오줌이라도 덮어주고 용서해 주면 거름이 되는 것처럼 흙과 같은 마음으로 베푸는 날입니다.

⊛ **지명예언 6 – 충북 청원군 북이면 비상리(飛上里)와 비하리(飛下里)**
충북 청주에 국제공항(國際空港)이 들어선 자리는 청원군 북이면 비상리(飛上里)와 비하리(飛下里)입니다. 비행기(飛行機)가 뜨고 내린다는 의미를 가진 마을에 국제항공이 들어서는 것은 어쩌면 당연한 일인지도 모릅니다.

🍀 눈물과 땀은 모두 짜지만 서로 다른 결과를 낳고 있습니다.
눈물은 우리에게 동정심(同情心)을 불러일으키고, 땀은 우리에게 성공(成功)이란 선물을 줍니다.

|07

일요일 日曜日

♥ **일요일**, 일요일(日曜日)은 태양(太陽)과 같은 마음으로 하루를 보내야 합니다. 따뜻하고 밝은 태양과 같이 우리도 따뜻한 마음과 밝은 표정으로 하루를 빛나게 해야 하는 날입니다.

⭐ **지명예언 7 – 경기도 파주시 문발리(**文發里**)**

경기도 파주시 문발리(文發里)는 글이 피어오른다는 뜻으로서, 지금은 이름 그대로 출판도시가 되어 있습니다.

1452년 황희정승이 89세의 나이로 세상을 떠나자 문종은 친히 장례식에 참석해 눈물로 노신하를 보내고 난 후 한양으로 돌아가던 길에 황희정승을 기리는 마음에서 교하현의 작은 마을을 문발현(文發縣)이라는 이름을 하사하셨습니다. 그 후 550년이 지난 지금 학문을 발전시키는 마을로 변했습니다.

🍀 사랑이란 꽃은 가냘프기 때문에 불신(不信)이란 벌레가 파먹기 쉬우니 믿음이란 살충제를 미리미리 준비해야 합니다.

| 08

월단평 月旦評

♥ **월요일**, 월단평(月旦評)이란 십팔사략(十八史略) 후한서(後漢書)에 나
오는 것으로 초하룻날에 인물평(人物評)을 보며 운수를 헤아리는
것을 말합니다.

☆ **지명예언 8 - 38선, 이사(移徙)와 참언(讖言)**
1949년 말에는 '내년엔 38선이 이사가는 해'라는 참언(讖言)이 떠돌았
고, 1950년은 단기 4283년으로 이를 거꾸로 하면 3824가 됩니다.
불행이도 이 참언은 정확하게 맞아떨어져 1950년 6.25전쟁부터 3년간
남북한 경계선이 낙동강과 압록강 사이에 여러 차례 옮겨 다니다가
1953년 7월 27일에야 이사를 마무리 했습니다.

🍀 사랑이 머물다간 자리에는 아름다운 추억(追憶)이 남고, 욕심(欲心)이 설치다
간 자리에는 후회(後悔)만 남습니다.

| 09

화간 和姦

💜 **화요일**, 화간(和姦)은 합의 또는 묵계(默契)로 이루어지며, 금력이나 권력을 앞세운 강제 화간도 있습니다. 그리고 간통은 배우자 몰래 남녀가 서로 눈이 맞아 성관계를 맺는 것을 말합니다.

⭐ **지명예언 9 – 경상북도 안동시 임하면(臨河面)**

경북 안동시 임하면(臨河面)에는 임하댐이 있습니다. 임하(臨河)라는 지명은 고려 초부터 시작되었으며, 임(臨)자는 '다스리다, 통치하다'라는 뜻을, 하(河)자는 '물'이라는 뜻입니다. 임하(臨河)는 물을 다스리고 통치한다는 곳으로 바로 호수(湖水) 즉 댐을 말합니다. 우리 조상님들은 1000년 전에 이미 안동시 임하면에 댐이 들어선다는 것을 예견(豫見)하고 있었습니다.

🍀 "사람은 사람답게 살아야 한다. 사람이 그러면 못써"하시던 어머니의 말씀이 이제와 생각하니 인문학(人文學)의 핵심(核心)이었습니다.

| 10

수의 壽衣

♥ <del>수요일</del>, 수의(壽衣)란 사람이 죽으면 입는 옷을 말합니다. 수의에는 주머니가 없습니다.(저승은 빈손으로 가야 한다는 것을 알리기 위함이지요.)

⭐ **지명예언 10 - 왕기(王氣)가 꿈틀거리는 경북 안동시 예안면(禮安面)과 와룡면(臥龍面)**

경북 안동지방에는 안동댐과 임하댐이 있는데, 안동댐은 청량산 도립공원에서 시작하여 예안면(禮安面) 구룡리(九龍里)를 거쳐 와룡면(臥龍面)으로 흐르고 있으며, 와룡(臥龍)은 용(龍)이 누워있는 곳이라는 뜻입니다. 누워있던 용(龍)이 물을 만나 반세기(50년)가 지나면 예안면 구룡리의 용(龍)과 함께 승천(陞天)하여 5대양(大洋) 6대륙(大陸)를 호령한다는 예언(豫言)이 전해 내려오고 있습니다. 안동댐이 1971년 4월에 착공하였으니 지명의 의미와 예언으로 볼 때 앞으로 우리나라 대통령은 안동지방에서 탄생하여 민족의 염원인 조국통일(祖國統一)을 이룸과 동시에 세계 초일류국가로 우뚝 솟아 국민의 삶을 한층 더 행복하게 만들 것으로 보입니다.

🍀 죽을 때도 잘 죽어야 하지만 무엇보다도 만날 때 잘 만나야 합니다.

목불견첩 目不見睫

♥ **목요일**, 목불견첩(目不見睫)이란 중국 춘추시대 초(楚)나라 장왕이 한 말로서 눈은 눈썹을 보지 못한다는 뜻으로, 자신의 허물을 잘 알지 못하고 남의 허물은 잘 본다는 것을 비유한 말입니다.

⊛ 모든 일에는 인간성(人間性)이 우선입니다. 아무리 실력(實力)이 좋고 재능(才能)이 많아도 인간성이 모자라면 사람을 얻지 못합니다. 그리고 재능이 아무리 뛰어나도 인간성이 부족하면 성공이 오래 가지 않습니다. 인간성이란 바로 그 사람의 됨됨이를 말합니다. 인간성에 그 사람의 미래가 달려 있습니다.

✿ 돈이 사랑을 삼켜버리는 세상이라니~~

금부삼복법 禁府三覆法

💗 금요일, 금부삼복법(禁府三覆法)이란 세종 때 제정한 법으로 사형죄 (死刑罪)는 세 번 심의하여 억울한 죽음을 없게 하자는 취지에서 만들었습니다. 그러나 제대로 시행되지 못하다가 영조 때 다시 시행(施行)된 법(法)입니다.

⭐ 친절(親切)은 소중한 덕목(德目)입니다. 모든 일의 기본이 친절에서 시작되니까요. 친절하지 않고는 되는 일이 없습니다. 친절은 베풀수록 즐겁고, 친절은 주는 쪽도 받는 쪽도 모두 플러스가 됩니다. 친절은 돈이 들지 않는 확실한 투자(投資)입니다.

🍀 꽃은 아름다움의 대명사(代名詞)입니다. 그래서 여자를 꽃으로 비유한답니다. 꽃은 꺾는 것이 아니라 간직하는 것입니다.

| 13

토수구 吐水口

❤ **토요일**, 토수구(吐水口)란 물이 나오는 수도 끝부분을 말합니다.

✪ "여인(女人)의 침실(寢室)을 거부하는 자는 벼락 맞아 죽어라"고 대철학자 니체는 외쳤습니다.
남자들이여!
벼락 맞아 죽기 싫으면 여인의 침실 유혹을 거부하지 마십시오.

✿ 희망(希望)이 없는 나라는 청년(靑年)을 죽이는 것이고, 청년이 죽으면 나라도 죽습니다.

일거양득 一擧兩得

♥ **일요일**, 일거양득(一擧兩得)이란 한 가지 일로 예기치 않게 두 가지 이익을 얻는다는 뜻으로, 비슷한 사자성어로는 일석이조(一石二鳥)라는 말도 있고 '꿩 먹고 알 먹고'라는 우리의 속담도 있습니다.

★ 말세(末世)에는 입으로 천하를 다스린다고 조선 중기에 유몽인이 쓴 「어우야담(於于野談)」은 전하고 있습니다. 말싸움으로 날이 새고 말장난으로 해가 저무는 오늘의 세태를 두고 한 것 같습니다.

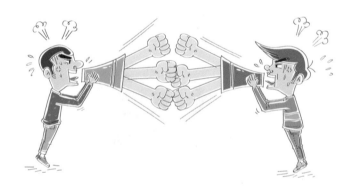

♣ 지갑이 두둑한가 얄팍한가로 인간(人間)의 가치(價値)를 판단하는 것은 인간에 대한 모독(冒瀆)이자 인간을 창조한 조물주(造物主)나 하나님에 대한 배신입니다.

월越 나라 오월동주吳越同舟

♥ **월요일**, 월(越)나라 사람들과 오(吳)나라 사람들은 서로 원수지간(怨讐之間) 이였지만, 어느 날 같은 배를 타고 강을 건너는데 비바람이 몰아치자 모든 적개심(敵愾心)을 풀고 서로 협력(協力)하여 풍랑을 이겨내었다는 데서 유래한 사자성어가 오월동주(吳越同舟)입니다.

⊛ 코미디언 이주일,
"못생겨서 죄송합니다."
그는 못생긴 외모와 많은 여드름
을 가지고 있었고, 친구들은 그의
얼굴을 놀렸지만 무대에서 그의
얼굴은 청중을 웃기는 무기가 되
었습니다. 열등감(劣等感)을 가지
면 콤플렉스가 되고, 자신감(自信感)을 가지면 매력 포인트가 된다
고 외친 사나이 이주일.

❀ 제 얼굴 못난 사람이 거울 깬다는 속담이 있습니다.
자신이 못생긴 것을 거울 탓으로 돌리듯이, 자신의 잘못을 남 탓으로 돌리는 불쌍한
대한민국 정치인들.

화씨지벽 和氏之璧

♥ **화요일**, 화씨지벽(和氏之璧)이란 화씨가 발견한 구슬이라는 뜻으로 천하의 명옥(名玉)을 이르는 말로서, 어떤 난관(難關)도 참고 견디어 자신의 의지(意志)를 관철시키는 것을 비유한 말입니다.

★ 지구상 생명체(生命體) 중 가장 이해(理解)하기 어려운 동물이 여자라고 하였습니다. 나폴레옹이 말하기를 "두 여자를 화해시키는 것 보다 유럽을 천하통일 하는 것이 더 쉽다"고 했으니~ 헐~~

🍀 속담(俗談)은 거리의 지혜(智慧)입니다.

수만數萬가지

♥ 수요일, 수만(數萬)가지 동식물 중에 순수하게 정화(淨化)된 물을 먹는 동물은 인간뿐입니다. 유독 인간만이 정화시킨 물을 사 마시면서 왜 깨끗한 마음을 지니지 못하는지 알 수 없는 수수께끼입니다.

☆ 이별(離別)로 가는 KTX를 타고 싶을 때, 상대에게

　-얼굴이 밀가루 반죽이네,

　-얼굴이 하수종말처리장이네,

　-얼굴이 세숫대야네,

　-얼굴이 쓰레기 매립장이네,

　-이 세상사람 얼굴이 아니네,

　-이목구비가 아수라장이네,

　-진짜 얼굴이 자유분방(自由奔放)하게 생겼네,

　-얼굴이 오늘내일 하는구먼,

　-이목구비(耳目口鼻)가 민주주의네

등을 사용하시면 확실한 이별이 기다립니다.

🍀 게으름은 마음의 낮잠입니다.

| 18

목과 木瓜

♥ **목요일**, 목과(木瓜)는 참외를 쏙 빼어 닮았다 하여 나무에 달린 참외라는 뜻으로 모과의 다른 이름입니다.

✪ 몸이든 마음이든 비우면 시원하고 편안해집니다. 소변(小便), 대변(大便)을 참아보신 분은 비우면 얼마나 시원한지 아실 것입니다. 반대로 오랫동안 간직하고 있으면 몸이든 마음이든 병이 듭니다. 비워야 시원합니다. 비워야 행복이 깃들 수 있습니다.

🍀 식물이 자라기 위해서는 매일 물과 햇볕이 필요하듯이, 행복(幸福)이 자라기 위해서는 아주 작은 일에서도 감사(感謝)하는 마음이 필요(必要)합니다.

금지옥엽 金枝玉葉

♥ 금요일, 금지옥엽(金枝玉葉)이란 금(金)으로 된 가지와 옥(玉)과 같은 잎이라는 뜻으로 아주 귀한 자손을 말합니다.

⊛ 수은주(水銀柱)의 눈금이 내려가면 그리움의 눈금은 올라갑니다. 그리고 햇빛이 투명할수록 아픔은 선명해지는 겨울, 겨울의 이별(離別)은 인간에게 가장 잔인한 형벌(刑罰)입니다. 아무리 '헌 사랑을 버리면 새 사랑이 온다'해도 겨울에는 이별을 하지 마십시오.

✤ 무지개는 하늘로 오르는 문(門)이란 뜻입니다.

토의 討議

❤ **토요일,** 토의(討議)란 어떤 사물에 대하여 각자 의견(意見)을 내걸어 서로 검토(檢討)하고 협의(協議)하는 것을 말합니다.

⭐ 똑같은 소금이라도 대상에 따라 효과(效果)가 달라집니다. 소금을 미역에 뿌리면 미역이 팔팔하게 살아나지만 배추에 뿌리면 금방 시들어 죽어버립니다. 인생도 만찬가지입니다. 즐겁게 살면 즐거울 락(樂)이 되고, 불평불만(不平不滿)을 갖고 살면 괴로울 고(苦)로 인생이 바뀝니다. 중요한 것은 가슴에 무엇을 담고 사느냐에 달려있습니다.

🍀 주먹을 앞세우면 친구(親舊)가 사라지고, 미소(微笑)를 앞세우면 원수(怨讐)가 사라지고, 미움을 앞세우면 장점(長點)이 사라지고, 사랑을 앞세우면 단점(短點)이 사라집니다.

일사천리 一瀉千里

♥ **일요일**, 일사천리(一瀉千里)란 중국 양쯔강의 거침없이 흐르는 물살을 표현한 것으로, 일에 있어 조금도 거침없이 빠르게 진행됨을 말합니다.

✪ 화장실 사용료

남자는 100원, 여자는 200원입니다.

왜?

남자는 입석(立席), 여자는 좌석(座席)이니까요.

✿ 깡패들의 무리를 패거리라 합니다. 패거리 정치(政治)란 정치인들 수준(水準)이 깡패수준 밖에 안 된다는 것입니다.

| 22

월하정인 月下情人

♥ **월요일**, 월하정인(月下情人)은 조선 시대 풍속화가 혜원 신윤복이 그린 풍속화로, 1793년 8월 21일 부분월식(部分月蝕)을 배경으로 그려졌다는 주장이 설득력(說得力)을 얻고 있습니다.

달빛 침침한 삼경 '두 사람의 마음은 두 사람만 알지'로 표현했던 그림 월하정인은, 연애(戀愛)의 역사(歷史)는 곧 남녀가 접촉할 수 있는 공간에서부터 시작 된다는 것을 증명(證明)하고 있습니다.

⭐ 시간은 누구에게나 평등하게 주어진 인생(人生)의 자본금(資本金)입니다. 이 자본금을 잘 이용하는 사람이 인생(人生)의 승리자(勝利者)가 됩니다.

🍀 술, 분노, 섹스를 조절할 줄 아는 사람이 장수(長壽)합니다.

| 23

화목和睦한 가정

♥ **화요일**, 화목(和睦)한 가정을 만들기 위해서는 믿음과 신뢰를 바탕으로 한 꾸준한 노력이 필수 덕목(德目)입니다.

⭐ 오천 년 역사의 지혜의 보물 창고 탈무드!
250만 단어와 20권이 넘는 책 '탈무드'의 뜻은, 헤브라이어로 '학습을 깊이 배운다'입니다.
이 책에 의하면 승자(勝者)의 주머니 속에는 꿈이 있고, 패자의 주머니 속에는 욕심(慾心)이 가득하다고 했습니다.
승리자가 되기 위해 꿈을 키웁시다.

🍀 사람에게 질투심(嫉妬心)은 쇠붙이의 녹과 같습니다.
(마음을 부패시키니까요)

수덕사修德寺의 여승

♥ 수요일, '수덕사(修德寺)의 여승'이란 노래는 스스로 사랑을 버리고 수덕사의 여승(女僧)이 된 유명한 여류 시인이었던 일엽스님(本名 김원주)의 일화(逸話)를 모티브로 한 노래입니다.

참고로, 그의 아들 일당스님(本名 김태산)이 그린 김일성 초상화는 김일성 종합대학에 걸려 있습니다.

⭐ 러시아 시인(詩人) 푸스킨은 '인간이 추구해야 할 것은 돈이 아니라 오로지 사람이다'라고 했습니다.

🍀 서울 유명 아파트의 관리소장이 주민들에게 못 쓰는 물건을 가져오라고 방송하였더니 80%가 남편(男便)을 데리고 왔답니다.

목수 木手

💜 **목요일**, 목수(木手)하면 뭐니뭐니 해도 강화도 전등사(傳燈寺)에 얽힌 도편수(都邊首)와 나부상(裸婦像)이 생각납니다.

평소 도편수가 사랑했던 여인이 다른 남자와 눈이 맞아 도망을 가버리자, 도편수는 그 여인이 참회(懺悔)하라는 뜻으로 나신(裸身)의 형상을 만들어 영원히 전등사 처마 끝을 머리에 이고 앉아 있도록 만들었답니다.

⭐ 조선 시대 거상 임상옥은 "돈을 남기지 말고 사람을 남겨야 한다. 사람보다 소중(所重)한 것은 아무 것도 없다"고 했습니다.

🍀 수면(睡眠)은 짧은 죽음이며, 죽음은 긴 수면입니다.

| 26

금어초 金魚草

♥ 금요일, 금어초(金魚草)는, 꽃부리가 헤엄치는 금붕어 입술 모양처럼 두툼하다 하여 붙여진 이름입니다.

금어초의 꽃말은 탐욕(貪慾), 욕망(慾望), 수다쟁이, 고백(告白)입니다.

★ 사치(奢侈) 속에서 행복(幸福)을 찾는 것은 마치 도화지에 태양을 그려넣고 햇빛이 나오기를 기다리는 것과 같다고 했습니다. 사치는 인생의 금물(禁物)입니다.

🍀 질투심(嫉妬心)은 사랑이 있는 곳엔 어김없이 끼어드는, 사랑을 따라다니는 악마(惡魔)입니다. 질투할 힘이 있으면 그 힘으로 더욱 더 아름다운 사랑을 하십시오.

토정비결 土亭秘訣

💜 **토요일**, 토정비결(土亭秘訣)의 진실은 70% 이상이 비관적(悲觀的)인 구절이 아니라 희망적인 구절로 되어 있습니다.

토정 이지함(1517~1578)이 토정비결을 썼다면, 16세기에 책이 나왔어야 하는데 역사적으로 200년~300년이 지나는 동안 어느 곳에도 토정비결에 관한 기록을 전혀 찾아 볼 수 없습니다.

토정비결은 18세기 말에서 19세기 초 무렵 민간에서 돌던 예언서(豫言書)나 예언구절들을 누군가가 책으로 엮어, 민중의 찌든 삶을 해결하기 위해 부단히도 애썼고 특히 예지력(豫知力)이 뛰어났던 이지함의 신화적(神話的)인 이미지를 이용한 것으로 추측(推測)됩니다.

⭐ 감사(感謝)는 주어진 조건이 아니고 만들어진 마음입니다.

부족(不足)하여도 감사를 잉태(孕胎)하는 자는 감사를 낳고,

풍족(豊足)하여도 불평을 잉태한 자는 불평을 낳습니다.

🍀 희망(希望)은 절대 우리를 버리지 않습니다. 다만 우리가 희망을 버릴 뿐입니다.

일의대수 一衣帶水

💜 **일요일**, 일의대수(一衣帶水)란 허리띠처럼 좁다란 개울물이란 뜻으로, 수나라 문제 양견이 50만 대군(大軍)을 이끌고 진나라를 치기 위해 양쯔강을 건널 때 유래된 말입니다. 이로 인해 진나라는 건국(建國) 33년만에 멸망(滅亡)하였고 수나라는 천하를 통일하게 되었습니다.

⭐ • **첫날밤 바보의 비애**
  – 캄캄한 이불 속에서 신부를 부르더니 야광 팬티 자랑하는 바보
    남편
• **첫날밤 습관(習慣)의 비애(悲哀)**
  –침대적응을 못해 방바닥에서 일을 치르다가 무릎까지는 신토불이
    (身土不二)의 남편
• **첫날밤 순결(純潔)의 비애**
  – 매직데이와 첫날밤을 맞춘 것도 모르고 흔적(?)을 보며 좋아하는
    촌닭 신랑
• **첫날밤 충격(衝擊)의 비애**
  – 쌍코피 터져가며 열과 성의를 다하는데 천정의 샹들리에 전등 수를
    세고 있는 신부~

🍀 가장 가치 있는 시간(時間)은 최선을 다하는 시간입니다.

월경 越境

♥ **월요일**, 월경(越境)은 국경을 넘는다는 뜻으로, 곧 전쟁(戰爭)을 의미합니다.

✪ 돈에 맞춰 일하면 직업(職業)이고, 돈을 넘어 일하면 사명(使命)입니다. 직업으로 일하면 월급(月給)을 받고 사명으로 일하면 성공(成功)이란 인생의 선물을 받습니다.

♣ 건강(健康)할 때는 사랑과 행복(幸福)만 보이고, 허약(虛弱)할 때는 걱정과 슬픔만 보입니다.

화복무문 禍福無門

♥ **화요일**, 화복무문(禍福無門)이란 복과 화는 운명적인 것이 아니라 사람이 스스로 불러들인다는 뜻입니다.

⊛ 사랑에는 자석이 붙어있나 봅니다.

사랑은 혼자 있기를 죽기보다 싫어하니까요. 항상 같이 있어야 만족(滿足)합니다.

사랑은 그리움에 약하고 외로움에 눈물을 흘립니다.

사랑은 돌이나 쇠가 아니라 감정이니까요.

✤ 세상에서 가장 잘못된 사랑의 표현이 바로 성폭행(性暴行)입니다. 아무리 사랑한다 해도 상대가 원하지 않은 섹스는 곧 성폭행범으로 전자발찌 신세가 될 수 있다는 것을 명심하시길~~

수많은 세월歲月

♥ 수요일, 수많은 세월이 지나도 기다림의 미학(美學)이자 아름다움의 대명사인 망부석(望夫石).

⊛ 망부석(望夫石)은 신라 눌지왕(마립간) 때 볼모로 잡혀간 아우 미사흔을 구하려 만고의 충신(忠臣) 박제상이 왜국(倭國) 대마도로 떠난 후 그의 아내와 두 딸이 지금의 울주군 두동면 만화리 치술령에서 남편과 아버지를 기다리다가 돌이 되었다는 전설에서 유래(由來)하고 있습니다.

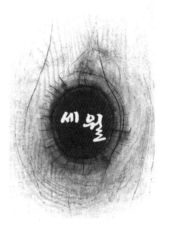

🍀 '물 건너 갔네'라는 말은 불교의 삼도천과 관련돼 있기도 하고, 배를 타고 바다를 건너 미사흔을 구하려 왜국 대마도(倭國 大馬島)로 떠나는 박제상을 보고 부인이 남편에게 '물 건너 가시네'라고 목 놓아 통곡한 것에서 유래됐다는 설도 있습니다.

| 01

목석초화 木石草花

♥ **목요일**, 목석초화(木石草花)란 꾸밈없는 자연의 멋을 가리키는 말로 순수함을 잃지 않은 사람을 뜻합니다.

✪ 위대한 정신(精神)을 가진 사람들은 생각을 논하고, 평범(平凡)한 사람들은 사건을 논(論)하고, 저급한 인간들은 사람을 논하는 것을 넘어 씹는다고 하였으니

오호 ~ 통재라 ~

🍀 현자(賢者)는 지식(知識)이 풍부한 사람이 아니라, 그 지식을 실천(實踐)하는 사람입니다.

금金 붓꽃

💜 금요일, 금(金)붓꽃은 중부이남 지방의 산에서 자라는 다년생 식물(植物)로서 고고한 자태를 뽐내고 있습니다. 꽃말은 봄을 맞이한다는 뜻으로 기쁜 소식입니다.

⭐ 천재(天才)들은 자신의 이상(理想)을 믿고 실천하지만, 바보들은 항상 결심(決心)만 하다가 끝이 납니다.

🍀 남자는 죽고 싶지 않아서 살을 빼려고 하고, 여자는 죽어도 좋으니 살을 빼야겠다고 생각하니~
그래서 여자는 화성(火星)에서 왔고 남자는 목성(木星)에서 왔나봅니다.

| 03

토마스 에디슨

❤ **토요일**, 토마스 에디슨의 한마디, "변명(辨明) 중에서 가장 어리석고 못난 변명은 시간이 없어서"라고 했습니다.

⭐ 모르는 것을 묻지 않은 것은 쓸데없는 오만(傲慢)이자, 인생(人生)을 방치(放置)하는 것이나 다름없습니다.
모르는 것을 부끄러워할 것이 아니라, 모르는 것을 묻지 않음을 부끄러워해야 합니다.

🍀 에디슨은 전구를 만드는데 2399번 실패(失敗)하고 난 후 2400번째에 성공을 했습니다. 에디슨은 우리에게 집념(執念)과 도전정신(挑戰精神)의 표본입니다.

| 04

일엽편주 一葉片舟

💜 **일요일**, 일엽편주(一葉片舟)란 망망대해에 떠있는 작은 배라는 뜻으로, 국제 정세를 망각한 채 진보(進步)니 보수(保守)니 이념대립(理念對立)으로 양분된 오늘의 대한민국 정치인들을 두고 하는 말 같습니다.

⭐ 성공(成功)한 연금술사(鍊金術師)들의 한마디
일을 할 때에는 연애(戀愛)하는 것처럼 두근거리는 가슴으로 해야 한다고 했습니다. 이 말은 곧 일이든 공부든 즐기라는 뜻입니다.

🍀 재능(才能)은 성공의 좋은 씨앗은 될 수 있어도, 곧바로 성공을 보장(保障)하는 것은 아닙니다.
이 세상에서 성공을 가장 잘 보장하는 것은 부지런한 노력입니다.

| 05

월궁항아 月宮姮娥

♥ **월요일,** 월궁항아(月宮姮娥)란 달 속에 사는 선녀란 뜻으로, 절세가인 (絕世佳人)을 말합니다.

★ 천연두(天然痘)는 딱지가 콩처럼 생겼다 하여 일본인(日本人)들이 붙인 이름입니다. 천연두는 역사상 가장 많은 사람을 죽인 바이러스이자 인류를 처음으로 전면 무력화(無力化)시킨 바이러스였으나 1980년에 지구상에서 영구히 사라졌습니다.

🍀 게으름은 지혜(智慧)의 날을 무디게 합니다.

화신풍 花信風

♥ **화요일**, 화신풍(花信風)이란 춘삼월(春三月)경 꽃이 피려함을 알리는 바람을 말합니다.

✪ 초목 타는 불은 가랑비로도 끄지만 과부(寡婦) 가슴 타는 불은 소낙비로도 못 끈다는 속담(俗談)이 있듯이, 봄바람은 여인네들 가슴을 흔든답니다.

🍀 장로(長老)의 유래(由來)는, 힌두교나 불교에서 덕행(德行)이 높고 나이가 많은 비구승(比丘僧)을 칭하는 것에서 시작되어, 오늘날 기독교 교회에서 사용하고 있습니다.

수문배문지조 首文背文之鳥

♥ 수요일, 수문배문지조(首文背文之鳥)란 봉황(鳳凰)의 또 다른 이름입니다. 봉황에는 아름답게 채색(彩色)된 5개의 무늬가 있는데, 목의 무늬를 덕(德), 날개의 무늬를 의(義), 등의 무늬를 예(禮), 가슴의 무늬를 인(仁), 배의 무늬를 신(信)이라고 하였습니다.

★ 이 세상에서 가장 슬픈 것은 너무 일찍 죽음을 생각하는 것이고, 가장 불행한 것은 너무 늦게 사랑을 깨우치는 것입니다. 사랑의 대상이 있을 때 사랑하십시오. 주저하지 마시고.

🍀 주인공(主人公)이란 말은, 불교에서 유래된 것으로 득도한 사람을 말합니다.

목일회 牧日會

♥ **목요일**, 목일회(牧日會)란 1934년에 순수 한국인 서양화가들이 만든 단체로, 서구의 모더니즘과 한국의 전통을 융합해 한국적인 서양 미술 양식을 찾고자 했습니다. 조선미술전람회에 반대하는 등 일본 제국주의에 저항했으며 그 후 일제에 의해 강제 해산되었습니다.

✪ 느낌 없는 책은 읽으나 마나, 깨달음 없는 종교(宗敎)는 믿으나 마나, 진실(眞實) 없는 친구는 사귀나 마나, 자기희생(自己犧牲) 없는 사랑은 하나마나입니다.

🍀 희망(希望)의 꽃을 피워야 합니다. 희망의 꽃만이 희망의 열매를 맺으니까요.

| 09

금선탈각 金蟬脫殼

♥ 금요일, 금선탈각(金蟬脫殼)이란 애벌레였던 매미가 자신의 껍질을
과감하게 벗어 던짐으로써 금빛 매미가 된다는 뜻으로, 인내(忍耐)하
고 기다리는 자의 화려한 변신(變身)을 이르는 말입니다.

⭐ 매미는 살아 있는 기간이 보통 일주일, 길어야 한 달입니다. 그런데
매미가 되려면 짧게는 6년 길게는 17년 세월을 땅속에서 애벌레로
지내야 합니다.

🍀 가난을 슬퍼하지 말고 꿈이 없음을 슬퍼하라 했습니다.
그리고 꿈이 없는 사람은 멀리 하라 했습니다.
꿈이 없는 사람은 살아도 산 것이 아니니까요.

토사자 兎絲子

♥ **토요일**, 토사자(兎絲子)란 토끼가 허리를 다쳐 이 풀을 먹고 나았다는 것에서 유래(由來)되었습니다.

✪ 불평불만(不平不滿)은 하는 자신도 기분이 나쁘고 듣는 사람도 언짢게 하니, 하수구에 처박아 용도폐기(用途廢棄) 시키든지 아니면 매립장(埋立場)에 포크레인으로 묻어 버려야만 삶이 윤택(潤澤)해집니다.

🍀 지식(知識)이란 말은, 불교에서 부처님 말씀을 갈구하는 착하디 착한 사람이라는 뜻이었습니다.

| 11

일취천일 一醉千日

♥ **일요일**, 일취천일(一醉千日)이란 한번 취(醉)하면 천일 만에 깬다는 뜻으로 아주 좋은 술을 말합니다.

⊛ 강물은 흘러가는 법칙에만 익숙할 뿐 되돌아오는 법은 모릅니다. 그러나 사랑은 흘러갔다가도 선제공격(先制攻擊), 즉 '내가 잘못했다. 정말 미안하다.'라고 먼저 사과하면 충실하게 되돌아옵니다. 선제공격합시다. 사랑을 위하여.

🍀 소리에 리듬을 더 하면 음악(音樂)이 되고, 소리에서 리듬을 빼면 소음공해(騷音公害)가 됩니다.

| 12

월인천강지곡 月印千江支曲

♥ **월요일**, 월인천강지곡(月印千江支曲)은 조선의 4대왕 세종이 1449년
(세종 31년)에 부처님의 공덕(功德)을 찬양(讚揚)하여 지은 장편의
노래입니다.

⭐ 아름다운 얼굴이 초청장(招請狀)이라면 아름다운 마음은 신용장(信用
狀)입니다.
초청장은 유효기간이 있지만, 신용장은 유효기간이 없습니다.

🍀 누구라도 신념(信念)에 노력(努力)을 더하면 뭐든지 해낼 수 있습니다.
성공하기 위해서는 신념(信念), 열정(熱情), 노력(努力), 창의적인 상상력이 필수
조건입니다.

| 13

화주 火酎

💜 **화요일**, 화주(火酎)란 불태운 술이라는
뜻으로 소주(燒酎)를 말합니다.
우리나라 소주의 원조(元祖)는 바로 안동
소주(安東燒酎)입니다.
징기스칸이 아라비아를 정복하고 전리
품으로 가지고 온 것을 징기스칸의 손자
쿠빌라이 칸이 일본을 정벌(征伐)하기
위해 안동에 병참기지를 세우면서 안동
소주가 시작되었습니다.

⭐ 음식 싫은 것은 억지로 먹을 수 있어도, 계집이나 사내 싫은 것은
억지로 못 삽니다. 하지만 서로 존중하고 사랑하면 싫음도 미움도
십리나 도망갑니다.
(해결책은 바로 사랑과 존중~!)

🍀 인간 사회에서 신뢰(信賴)를 지탱하는 최후의 보루(堡壘)는 정직(正直)입니다.

| 14

수즉다욕 壽則多辱

♥ 수요일, 수즉다욕(壽則多辱)이란 나이가 들면 들수록 욕심이 많이 생기게 되므로 자신의 행동을 조심하여 분수(分數)를 지키라는 뜻입니다.

⭐ 2월 14일 밸런타인데이는 성 발렌티누스 성인(聖人)을 추모(追慕)하는 날이지만, 1910년 바로 우리나라 독립을 위해 목숨을 초개(草芥)처럼 던진 안중근 의사의 사형 선고일이기도 합니다.
일본 제과회사에서 안중근 의사의 사형일을 망각(忘却)시키기 위해서 만든 날이 바로 Valentine Day입니다.

🍀 감사(感謝)는 은혜(恩惠)를 아는 자의 마음의 열매입니다.

목표 目標

♥ **목요일**, 목표(目標)란 행동을 취하여 이루려는 최후(最後)의 대상을 말합니다.

☆ 연애(戀愛)란 남자의 생애(生涯)에서는 하나의 삽화(揷畵)에 불과하고, 여자의 생애에서는 역사(歷史) 그 자체라고 스틸 부인이 말했지만 현실은 글쎄요~

🍀 복(福) 많은 여자는 앉아도 요강 꼭지에 앉고, 재수 없는 포수 놈은 곰을 잡아도 웅담(熊膽)이 없다는 속담이 있습니다.
항상 감사(感謝)하는 마음이 복을 불러 옵니다.

금오신화 金鰲新話

♥ 금오일, 금오신화(金鰲新話)는 김시습(1456~1493)이 쓴 우리나라 최초의 한문 소설입니다. '금오'는 경주 남산의 '금오봉'을 말합니다.

⭐ 인생(人生)에 있어 가장 큰 자산(資産)은 사람입니다.
인적 자원이 많다는 것은 그만큼 성공할 준비가 되어 있다는 것입니다. 그러니 사람을 만날 때는 머리가 아닌 가슴으로 만나야 합니다.

🍀 젊어서는 사랑 싸움이고 늙어서는 돈 싸움이라 하였으니, 옛말 틀린 것 하나 없습니다.

토속주 土俗酒

♥ **토요일**, 토속주(土俗酒)보다 더 토속적인 미인주(美人酒)는 조선 시대 세조 8년 천축주(天竺酒)와 같이 유입된 것으로, 선조 때 학자 이수광의 「지봉유설」에 의하면 16~18세 처녀들이 이를 닦고 소금물로 헹궈 낸 다음 쌀을 꼭꼭 씹어 침과 함께 만든 술을 미인주(美人酒)라고 기록하고 있습니다.

⊛ 기록(記錄)하는 사람은 미래를 꿈꾸는 사람입니다. 한 사람의 작은 추억(追憶)이나, 작은 경험(經驗)을 기록하면 그 사람의 이야기가 되고, 역사(歷史)가 되고 전설(傳說)이 됩니다. 우리들의 전설을 위해 기록하는 버릇을 습관화(習慣化) 합시다.

♣ 할 수 없다고 마음먹으면 한계(限界)가 만들어지고, 할 수 있다고 마음먹으면 가능성(可能性)이 만들어집니다.

60 365일, 인생은 밀가루반죽이다

일각여삼추 一刻如三秋

💜 **일요일**, 일각여삼추(一刻如三秋)란 「시경」에 나오는 말로서 일각은 15분이지만 3년을 기다리는 것처럼 간절한 마음이라는 뜻입니다.

✴ '홀아비 사정 봐주다 과부 아이 밴다'는 말이 있듯이, 절대 안타깝다고 보증(保證)을 서주면 안됩니다.
우리 속담(俗談)에 보증 서는 자식은 낳지도 말라 하지 않았습니까.

🍀 사랑은 인생을 처방하는 가장 '강력(强力)한 진통제(鎭痛劑)'인 만큼 우리 서로 사랑하며 살아갑시다.

월천越川꾼

♥ **월요일**, 월천(越川)꾼이란 사람을 업어서 강을 건네주는 일을 직업(職業)으로 하는 사람을 말합니다.

⭐ 찰밥의 유래는, 신라 21대 소지왕이 정월 대보름날 산책을 가던 중 까마귀와 쥐가 서로 아귀(餓鬼) 다툼 하는 것을 보고 이상히 여겨 따라가 보니 갑자기 연못에서 산신령이 나타나

편지 한 통을 건네주었고, 그 편지에는 "당장 궁으로 돌아가서 사금갑 (射琴匣)통을 활로 쏘아라"고 적혀 있었습니다. 소지왕은 즉시 궁으로 돌아와 사금갑을 활로 쏘았더니 역모를 도모하던 왕비와 정을 통한 중의 시신이 나왔으며, 이때부터 소지왕은 까마귀의 은덕을 기리기 위해 매년 정월 대보름을 오기일(烏忌日)로 지정하여 찹쌀로 오곡밥을 지어 제를 올리게 된 것에서 유래하였습니다.

🍀 잡초(雜草)는 변장한 풀꽃입니다.

| 20

화자미이생 禍自微而生

♥ **화요일**, 화자미이생(禍自微而生)이란 화(禍)는 사소(些少)한 일에서 생겨 마침내 큰 결과(結果)를 가져온다는 뜻입니다.

☆ 미인(美人)을 애인(愛人)으로 두면,
- 눈은 극락(極樂) : 황홀경, 눈요기
- 마음에는 지옥(地獄) : 껄떡되는 놈들 때문
- 지갑은 고문(拷問) : 유지관리비 엄청 들어감

🍀 니체가 말하기를
"남자의 눈물은 상대방을 괴롭혔다는 후회(後悔)의 눈물이지만, 여자의 눈물은 상대방을 충분히 괴롭히지 못했다는 아쉬움의 눈물"이라 하였습니다.

수광즉어유 水廣則魚遊

♥ 수요일, 수광즉어유(水廣則魚遊)란 물이 깊고 넓으면 고기가 모여든다
는 뜻으로, 덕(德)이 있는 사람에게는 자연히 사람이 따른다는 것을
의미(意味) 합니다.

★ 영국과 바꾸지 않겠다는 영국인의 자존심(自尊心)이자 세계 4대 시성
(詩聖) 중 한 사람인 셰익스피어는, 남자는 언제나 자기 집을 떠나서
지낼 때가 가장 즐겁다고 하였으니 이를 어떻게 받아들여야 할지~

🍀 남자(男子)는 여자(女子)를 사랑하면 그 여자를 위해서 무엇이든지 다 해 주지만,
단 한 가지 해 주지 않는 것은 '영원한 사랑'입니다.

| 22

목강즉절 木强則折

♥ **목요일**, 목강즉절(木强則折)이란 나무가 강하면 부러진다는 뜻입니다.

⊛ 늑대는 평생 한 마리 암컷과 사랑을 합니다. 그러다 암컷이 먼저 죽으면 어린 새끼를 돌보다가 새끼가 성장한 후 수컷은 암컷이 죽었던 장소에 가서 굶어죽습니다. 또한 늑대는 부모를 봉양(奉養)하는 보은(報恩) 동물입니다.

🍀 목숨까지 바쳐 암컷과 새끼를 지키기 위해 싸우는 포유류(哺乳類)는 늑대뿐입니다. 그리고 늑대의 태양은 바로 달입니다.

| 23

금구무결 金甌無缺

♥ 금요일, 금구무결(金甌無缺)이란 조금도 결점이 없는 황금(黃金) 단지라는 뜻으로, 당당한 국가를 비유하는 말입니다.

⭐ 미국 격언(美國格言)에 의하면, 여자가 없는 집은 이슬이 내리지 않은 바싹 마른 풀밭이라고 했습니다.
바로 여자의 소중함을 한 마디로 표현한 것이지요.

🍀 월경(月經)은 여자를 지배하고, 월급(月給)은 남자를 지배합니다.

| 24

토카이 와인

💜 **토요일**, 토카이 와인은 대표적인 헝가리 와인으로서 러시아 제국의 황제(皇帝)들에 의해 만병통치약(萬病通治藥) 또는 생명(生命)의 술로 통하였습니다.

⭐ 루이 15세가 마담 퐁파두르와 토카이 와인을 마시다가 퐁파두르가 말하기를 '토카이 와인'은 군왕이 마시는 술이라고 하여 포도주의 군왕이라 불리게 되었습니다.

🍀 몸이 가는 길은 걸을수록 지치지만, 마음이 가는 길은 멈출 때 지칩니다. 몸이 가는 길은 비가 올 때 젖지만, 마음이 가는 길은 비가 오면 더 깨끗해집니다.

| 25

일심만능 一心萬能

♥ **일요일,** 일심만능(一心萬能)이란 무슨 일이든지 최선을 다하면 불가능이 없다는 뜻입니다.

✪ 깍쟁이란 청계천과 마포나루에 기거하며 구걸을 하거나 장사지낼 때 상주에게 돈을 뜯어내던 무뢰배들을 일컫는 말로, 점차 의미가 축소되어 이기적이고 얄밉게 행동하는 사람을 뜻하게 되었습니다.

進退兩難 (진퇴양난)

🍀 이스라엘 격언(格言)에, 여자는 입을 다물고 있어도 거짓말을 한다고 하였는데, 이 격언을 믿어야 할지 말아야 할지 진퇴양난(進退兩難)이로다.

| 26

월직사자 月直使者

♥ **월요일**, 월직사자(月直使者)란 임종에 처한 사람의 죽음을 결정하고 죽은 후 저승으로 인도하는 사자(使者)를 말합니다.

✪ 말을 독점하지 말고 상대방에게도 기회를 주어야 합니다. 대화는 일방통행(一方通行)이 아니라 쌍방교류(雙方交流)니까요.

🍀 믿음과 신뢰(信賴)는 나타나고 쌓이는 것이지만, 사랑은 스며들고 녹아드는 것입니다.

화중신선 花中神仙

♥ **화요일**, 화중신선(花中神仙)이란 꽃 중의 신선(神仙)이라는 뜻으로 해당화(海棠花)를 말합니다.

✪ 사랑, 감사(感謝), 용서(容恕), 화해(和解) 이 4개의 열쇠만 가지고 있다면 인생의 어떤 고난이 닥친다 해도 모든 것을 열 수 있는 인생 마스터 키 입니다.

🍀 내가 등을 돌리면 상대방은 마음을 돌립니다.

수명죽백 垂名竹帛

♥ 수요일, 수명죽백(垂名竹帛)이란 이름이 역사책에 실려 후세에 길이길이 전하여진다는 뜻입니다.

⭐ 1919년 3월 1일 시작된 독립 만세 (獨立萬歲) 운동은, 사망자 7천5백 명, 구속자 4만5천 명, 부상자 1만 6천 명, 참가인원 200만 명이 목숨을 초개(草芥), 즉 지푸라기처럼 던졌던 운동입니다. 그리고 기미 독립 선언문 작성자 33인 중 양반은 단 한 사람도 없었습니다.

🍀 푸른 꿈을 잃지 마십시오.
푸른 꿈은 행운(幸運)의 청사진(靑寫眞)입니다.

| 02

목숨을 초개 草芥

♥ **목요일**, 목숨을 초개(草芥)처럼 나라에 바쳤던 유관순 열사는 "나라에 바칠 목숨이 오직 하나밖에 없는 것만이 이 소녀의 유일한 슬픔이다" 라고 말했습니다.
아~~거룩한 자여!

⭐ 많이 넘어져 본 사람만이 빨리 일어나는 방법을 알고 있습니다. 넘어진 자리가 끝이 아니라 넘어진 자리는 새로운 시작(始作)입니다.

🍀 밝고 기운찬 인사는 상대의 마음을 무장해제 시킵니다.

금령지 金齡紙

♥ 금요일, 금령지(金齡紙)란 우리나라 고려지(高麗志)를 일컫는 말로 황금같이 변하지 않고 오래가는 종이(紙)라는 뜻입니다.

발해의 시조 대조영의 동생 대야발이 719년에 썼다는 「단기고사」에는 세계 최초로 종이(紙)를 만든 민족(民族)이 바로 우리 민족으로 기록하고 있습니다. 저피가 조해로, 조해가 종이로 변천(變遷)된 것이 지금의 종이(紙)입니다.

★ 독일 노동시장 연구소(IZA)가 발간한 논문(論文)에 의하면 섹스를 자주 하는 사람이 돈도 잘 번다고 기록하고 있습니다. 섹스야 말로 최고의 보양식(保養食)인 만큼 분투적(奮鬪的)으로 사랑하십시오.

✿ 돈 버는 건 기술(技術)이고, 돈 쓰는 건 예술(藝術)입니다. 좋은 사람 좋은 친구를 만나시면 돈을 예술처럼 쓰십시오.

| 04

토화 吐火

💜 **토요일**, 토화(吐火)란 사람의 입에서 불을 토해내는 공연을 말합니다.

⭐ 아이에게 '부자(富者)되라'고 가르치지 마시고 '행복(幸福)하라'고 가르쳐야 합니다.

'부자되라'는 말을 듣고 자란 아이는 커서 모든 사물(事物)을 가격(價格)으로 보지만, '행복하라'는 말을 듣고 자란 아이는 모든 사물을 가치(價値)로 보니까요.

🍀 속담 한마디

관 속에 들어가는 시신에게도 막말은 하지 말라고 했습니다.

(가슴에 못 박는 말 하지 마십시오. 자기 자신을 위하여)

| 05

일유순 一由旬

♥ **일요일**, 일유순(一由旬)이란 법화경(法華經)에 나오는 말로 사십 리 또는 십육 리를 말합니다.

⊛ 일제 강점기(日帝强占期) 때 일본인이 자기네 병참기지를 월남 이상재 선생께 보이면서 감상을 묻자, 선생께서 "과연 일본이 막강하다는 것은 알겠소. 그러나 '칼로 일어선 자는 칼로 망한다'는 말이 있으니 심히 걱정이요." 라고 허를 찌른 이 말은 당시 조선인(朝鮮人)에겐 생명수(生命水) 같은 한 마디였습니다.

🍀 서양식 음악 8음계(도.레.미.파.솔.라.시.도)를 최초로 만든 사람은 고대 그리스 철학자 겸 수학자인 피타고라스입니다.

| 06

월장성구 月章星句

💜 **월요일**, 월장성구(月章星句)란 훌륭하고 아름다운 문장(文章)을 칭찬한 말입니다.

⭐ 월남 이상재(月南 李商在) 선생은 조선 독립을 위해 평생을 바치신 분입니다. 그리고 영국의 처칠에 버금가는 유머와 위트를 지닌 분이기도 합니다. 일제 강점기(日帝强占期) 때 매국노 이완용과 송병준에게 "대감네는 동경으로 이사 가시지요."라고 했고, 이완용, 송병준은 "그게 무슨 소리요?"하며 되묻자 "대감들은 나라를 망하게 하는 데는 천재들 아닙니까? 동경으로 이사 가면 일본도 금방 망하게 될 것이 아니요?"라고 대답했다는 일화가 너무나 유명합니다.

🍀 행복(幸福)은 쌓아두면 썩어 버리므로 그때그때 사용(使用)해야 합니다. 아무리 사용해도 마르지 않는 것이 행복의 샘입니다.

| 07

화우동산 花雨東山

♥ **화요일**, 화우동산(花雨東山)이란 꽃잎이 비 오듯 흩날리는 동산을 말합니다.

⭐ 장미 대선(大選) 하면 생각나는 것이 바로 빵과 장미입니다.
1908년 3월 8일 미국 뉴욕에서 비인간적(非人間的)인 노동에 시달리던 섬유산업(纖維産業) 노동자 1만5천 여 명이 한 손에 생계(生計)를 의미하는 빵을 들고 또 한 손에 참정권(參政權)을 의미하는 장미를 들고 권리 주장한 것을 기리기 위해, 유엔에선 매년 3월 8일을 여성의 날로 지정하였습니다.

🍀 김치는 순수한 우리말이 아니라 한자어 침채(沈菜), 절인 채소(菜蔬)라는 뜻에서 온 말입니다. 이후 딤채-김채-김치로 변화됐습니다.
김치의 순수한 우리말은 '디히'입니다.

수미일관 首尾一貫

♥ 수요일, 수미일관(首尾一貫)이란 처음부터 끝까지 변함없다는 뜻입니다.

⭐ 행운(幸運)이란? 노력 없이 거저 얻는 뜻밖의 횡재(橫財)를 말합니다. 듣기 좋게 포장해서 행복한 운수라 하지만 직설적으로 말하면 공짜를 기대하는 사악(邪惡)한 욕심(慾心)이 바로 행운입니다.

🍀 행운(幸運)을 바랄 것이 아니라, 행복(幸福)을 바래야 합니다.
  행복은 부지런한 사람을 좋아합니다. 노력(努力)하는 사람을 좋아합니다.

| 09

목로주점 木壚酒店

❤️ **목요일**, 목로주점(木壚酒店)에서 고갈비를 안주 삼아 술을 마시던
  그때가 바로 인생(人生)의 멋과 낭만(浪漫)을 간직한 진정한 청춘
  시대(靑春時代)였습니다.

⭐ 길은 잃어도 사람은 잃지 말라고 했습니다.
  언제나 사람에 대한 희망(希望)을 뜨겁게 간직해야 합니다.
  사람이 길이고, 사람이 희망이며, 사람이 세상에서 가장 아름다운
  꽃이니까요.

🍀 사람은 누구나 품격(品格)이라는 명품(名品) 옷을 입을 때 가장 화려(華麗)하고
  빛이 납니다.

금수강산 錦繡江山

♥ **금요일**, 금수강산(錦繡江山)이란 비단에 수를 놓은 것처럼 아름다운 산천이라는 뜻으로, 우리나라 산천을 비유한 말입니다.

★ 성경에는 무궁화(無窮花)를 '샤론장미'로 기록하고 있는가 하면, 찬송가 89장에는 '샤론의 꽃 예수'라고 했습니다. 그리고 무궁화는 질 때 활짝 폈던 꽃잎을 곱게 말아서 지금껏 모든 잘못을 용서(容恕)하고 감싸 안듯 떨어지므로 세상을 밝고 깨끗하게 해줍니다.

꽃말은 일편단심(一片丹心)이며, 무궁이란 끝없이 오래 오래란 뜻입니다.

🍀 현명(賢明)한 여자는 물에 빠져도 남편 반찬거리를 잡아 나온다고 했습니다.

| 11

토봉 吐鳳

♥ **토요일**, 토봉(吐鳳)이란 뛰어난 글재주를 지닌 사람을 말합니다. 한(漢)나라의 양웅이 태현경(太玄經)을 쓴 후 봉황(鳳凰)을 토하는 꿈을 꾸었다는 이야기에서 유래되었습니다.

✪ 신(神)이 여자가 남자를 지배하도록 하였다면, 신은 아담의 머리에서 이브를 만들었을 것이고, 여자를 남자의 노예(奴隸)가 되기를 원하였다면, 아담의 발에서 여자를 만들었을 것입니다.
그러나 신은 남녀평등을 원하였고, 서로 사랑하며 살라고 아담의 갈비뼈에서 여자를 만들었습니다.

🍀 똥은 건드릴수록 구린내만 난다고 하였습니다. 즉 악(惡)한 놈을 건드리면 불쾌한 일만 생긴다는 뜻입니다.
악(惡)한 놈은 멀리하는 것이 최고의 처세술(處世術)입니다.

| 12

일어탁수 一魚濁水

💜 **일요일,** 일어탁수(一魚濁水)란 한 사람의 잘못이 여러 사람에게 피해를 준다는 뜻으로, 조선 시대 인조 때 학자(學者)이며 시평론가(詩評論家) 홍만종이 쓴 순오지에 나오는 사자성어입니다.

⭐ 정신(精神)이 빈곤(貧困)하면 물질이 아무리 풍요로워도 온전한 행복 (幸福)을 느끼지 못합니다.
물질(物質)은 겉치레를 도울 수 있어도 정신적 허전함은 채울 수 없으니까요.

🍀 휴일(休日)과 일요일(日曜日)은 주간(週間)에 녹슨 마음과 정신을 깨끗이 제거하는 날입니다.

| 13

얼굴 月窟

♥ **월요일**, 월굴(月窟)이란 전설(傳說)에 등장하는 달 속의 굴(窟) 또는 달이 떠오르는 곳을 말합니다.

✪ 가재는 작아도 바위를 등에 지고 살고, 여자는 작아도 천하장사(天下壯士)를 안는다고 했습니다.

여자들이여! 키 작다고 기죽지 마시길

♣ 웃음은 평생 동안 복용해야 할 건강식품(健康食品)이고, 사랑은 없어서는 아니될 필수 아미노산이며, 믿음은 매 순간마다 마셔야 하는 생명수(生命水)입니다.

| 14

화火 내는 얼굴

♥ **화요일**, 화(火)내는 얼굴에는 불행(不幸)의 주주들로 가득하고, 웃는 얼굴에는 행복(幸福)의 주주들로 가득 차 있습니다.

⭐ 가시버시 – 부부

가시어머니 – 장모

가시아비 – 장인

가시나 – 처녀(處女)(경상도 방언)

가시내 – 처녀(전라도 방언)

계집아이 – 표준말

되모시 – 시집갔다 쫓겨 온 거짓 처녀

까막과부 – 신랑과 첫 날 꽃잠도 못자고 홀로된 처녀과부(處女寡婦)

🍀 귀(耳) 소문(所聞) 말고 눈(目) 소문만 말하라고 했습니다. 설령 직접 보았다 하더라도 진실이 아닐 수 있습니다.

수주대토 守株待兔

♥ 수요일, 수주대토(守株待兔)란 한 가지 일에만 얽매여 발전(發展)을 모르는 어리석은 사람을 비유적으로 이르는 말입니다. 한비자 오두편에 나오는 말로 낡은 관습(慣習)만 고집하여 시대에 순응(順應)하지 못하는 자(者)를 일컫는 것입니다.

⊛ 아름다운 친구를 만들기 위해서는 따뜻한 마음이 넘칠 때, 영혼(靈魂)의 향기(香氣)가 스며있을 때 만나야 합니다. 습관적(習慣的)으로 만나면 우정도 행복도 쌓이지 않습니다. 진심을 가지고 만나야 합니다.

🍀 물에 빠진 놈은 건져도, 계집에 빠진 놈은 못 건진다고 하였으니~

| 16

목란 木蘭

♥ **목요일**, 목란(木蘭)은 바로 북한 국화입니다.

옥(玉) 같은 꽃에 난초향기(蘭草香氣)가 난다하여 옥란(玉蘭), 옥수(玉樹)라고도 하고, 꽃이 한 조각 한 조각 향기 덩어리라 하여 '향린(香鱗)'이라고도 합니다.

목란(木蘭) 꽃봉오리는 모두 북쪽을 향하여 피는가 하면 꽃봉오리가 붓끝을 닮아 목필(木筆)로도 불립니다.

☆ 수라상(水刺床)할 때 수라의 어원은, 몽골어 탕(湯)을 뜻하는 슐런이 고려로 들어와서 슈라에서 수라로 변천(變遷)하였습니다.

♣ 인간성(人間性)이 좋은 사람은 처음엔 손해를 보지만 나중엔 성공(成功) 합니다.

| 17

금슬지락 琴瑟之樂

♥ 금요일, 금슬지락(琴瑟之樂)이란 부부사이가 더 없이 다정하고 행복하다는 뜻입니다.

⭐ 백락천은 당 현종과 양귀비를 위해 지은 장한가(長恨歌)에서, 하늘에 있어서는 두 마리 새가 한 몸 되는 비익조(比翼鳥)가 되고, 땅에서는 두 나무가 한 몸이 되는 연리지(連理枝)가 되기 바란다고 사랑을 노래하였습니다.

🍀 비익조(比翼鳥) : 암컷과 수컷의 눈과 날개가 하나씩이라서 짝을 짓지 아니하면 날지 못한다는 전설상(傳說上)의 새입니다. 부부사이는 둘이 아닌 하나라는 의미로 아름다운 사랑을 뜻합니다.
 – 연리지(連理枝) : 두 나무가 서로 부둥켜안아 한 몸을 이루고 있는 것을 말합니다. 화목(和睦)한 부부(夫婦) 또는 남녀(男女)사이를 비유(比喻)한 말입니다.

토카레프 권총

♥ **토요일**, 토카레프 권총(拳銃)은 구소련이 만든 것으로서, 러시아 마피아들이 가장 선호하는 총이지만 대량 생산을 위해 안전장치를 해놓지 않은 것이 단점(短點)입니다.

✪ 이탈리아 격언에 의하면
소는 앞을 조심하고(뿔로 떠받을 수가 있기 때문에)
당나귀는 뒤를 조심하고(뒷발로 찰 수 있음)
여자는 사방을 조심하라 하였습니다.

🍀 열정(熱情)이 있는 단 한사람의 힘이, 관심(關心)만 있는 100명보다 힘이 세다고 했습니다. (열정=성공)

| 19

일거월저 日居月諸

♥ **일요일**, 일거월저(日居月諸)란 「사서삼경」 중 시경(詩經) 패풍일월에 나오는 말로 쉼 없이 가는 세월이란 뜻입니다.

✪ 남자는 눈으로 연애(戀愛)를 하고, 여자는 귀로 사랑에 빠진다고 했습니다.
남자들이여! 아내에게 사랑받고 싶으면 달콤한 말을 많이 하십시오.

🍀 무소유(無所有)란?
아무것도 갖지 않는다는 것이 아니라, 불필요(不必要)한 것을 갖지 않는 것이 바로 무소유입니다.(法頂스님, 본명 박재철)

| 20

월명성희 月明星稀

♥ **월요일**, 월명성희(月明星稀)란 어진 사람이 나타나면 소인배(小人輩)들은 자취를 감춰버린다는 뜻으로, 조조가 쓴 단가행(短歌行)에 나오는 말입니다.

⭐ 월명성희님! 빨리 오셔서 유통기한(流通期限) 지난 불량품 정치인(不良品 政治人)들, 야바위(거짓) 정치인들, 재활용 가치도 없는 대한민국 소인배 정치인들 모두 인간매립장(人間埋立場)에 파묻어 주십시오. 제발~

🍀 잘 생긴 남자가 추근대면 호감표현(好感表現)이고 못 생긴 남자가 추근대면 성희롱(性戲弄)이라 하니 헐 -

| 21

화인 火印

♥ **화요일**, 화인(火印)이란 쇠붙이로 만들어 불에 달구어 찍는 도장으로 불도장, 인두를 뜻합니다.

⭐ 속담 한마디
사내자식은 솔개의 넋이다.
남자들은 솔개처럼 잘 떠돌아다닌다는 뜻입니다.

🍀 고난(苦難) 속에서도 희망(希望)을 가진 사람은 행복의 주인공(主人公)이 되고, 고난에 굴복(屈伏)하고 희망을 품지 못하는 사람은 비극(悲劇)의 주인공이 됩니다.

| 22

수죄구발 數罪俱發

💗 수요일, 수죄구발(數罪俱發)이란 한사람이 저지른 여러 가지 범죄가 한꺼번에 들통 난 것을 말합니다.

⭐ 수다 중 가장 아름다운 수다는 책 수다라 했습니다. 그래서 옛 선조들은 남편은 서당(書堂)에서 구하고 부인은 부엌(부지런한 사람)에서 구하라고 하지 않았습니까.

🍀 사랑은 주는 것이라 말하지만 거기엔 묘한 기다림이 있습니다.
　 허기(虛飢)인지 목마름인지 모르지만 그 기다림이 길면 속병이 생깁니다.

| 23

목동牧童의 마을

♥ **목요일**, 목동(牧童)의 마을 베를레헴에서 태어난 예수님의 아버지 요셉은 목수였고, 어머니 마리아는 가난한 농부의 딸이었습니다.
가난하다고 힘이 없다고 좌절하지 마십시오.
예수님도 힘없고 낮은 곳에서 가난하게 태어났습니다.

✪ 사랑이란 누군가를 위해 자신을 버리는 것이며, 버림으로 인해 자신(自身)을 발견(發見)하는 것입니다.

☘ 가난도 암 가난과 숫 가난이 있다고 했습니다.
(여자가 살림을 잘못 살아 가난한 것은 암 가난이고, 남자가 똑똑하지 못하여 쪼들리는 살림은 숫 가난이라 합니다.)

금수강산 삼천리 錦繡江山 三千里

♥ 금요일, 금수강산(錦繡江山) 삼천리(三千里)란 제주도 마라도에서 해남까지 천리, 해남에서 서울까지 천리, 서울서 함경북도 온성까지 천리를 포함하여 금수강산 삼천리라고 육당 최남선 선생의 조선상식 문답에서 설명하고 있습니다.

★ 비둘기 암컷은 수컷한테 헌신적(獻身的)으로 사랑을 주기만 하고 받지 못하여 사랑의 허기(虛飢) 때문에 속병으로 일찍 죽고 맙니다. 사랑을 받지 못한 비둘기 암컷은 애간장이 녹아 결국 창자가 모두 끊어져 죽는답니다.

🍀 명품인생(名品人生)은 돈 주고 사는 것도 물려받는 것도 아닙니다. 끊임없는 자기 노력으로 얻어내는 인생의 전리품(戰利品)입니다.

| 25

토문불입 討門不入

♥ **토요일**, 토문불입(討門不入)이란 공무(公務)에 바빠서 사사로운 감정을 접어 두는 태도를 말합니다.

✪ 육신(肉身)이 약하면 하찮은 병균마저 달려들고, 입지(立地)가 약하면 하찮은 인간마저 덤벼드는 것이 세상인심입니다.

🍀 요즘 세상은 헌신(獻身)하면 헌신짝 된다 하니, 정말 더러운 세상이네요.

| 26

일엽―葉 스님

♥ **일요일,** 일엽(一葉)스님의 법명(法名)일엽은 춘원 이광수가 그의 아름다운 문체에 반하여 한국 문단의 일엽(나뭇잎 하나)이 되라는 뜻에서 지어준 것이며 이로 인해 이광수의 애인이란 소문도 무성하였습니다.

일엽의 '신정조론(新貞操論)'에 의하면, 사랑했던 남자의 그림자를 정신적으로 완전히 지워버리는 순간 그 여인은 언제나 순결(純潔)하다고 주장하고 있습니다.

⭐ 경비 아저씨, 청소부 아주머니들에게 잘 해주어야 합니다.

그분들은 정보(情報)의 발신지(發信地)이자 소문의 근원(根源)이며, 우리 부모님의 또 다른 모습일 수도 있으니까요.

🍀 마음과 삶에 인내(忍耐)라는 뿌리가 내리면, 성공이라는 풍성한 열매가 열립니다.

| 27

월하미인 月下美人

♥ **월요일**, 월하미인(月下美人)이란 꽃은, 한밤중에 피는 꽃으로 달빛 아래 아름다운 여인의 모습을 그대로 닮았다 하여 붙여졌으며, 꽃말 은 밤의 고독, 위험한 쾌락이라는 뜻을 가지고 있습니다.

⊛ 여자가 밟은 풀은 안 죽어도 남자가 밟은 풀은 죽는다고 하였습니다. 그 만큼 우리나라 여인들은 동정심(同情心)이 많다는 것입니다.

♣ 돈 없으면 적막강산(寂寞江山), 돈 있으면 금수강산(錦繡江山), 돈의 노예가 되라 는 것이 아니라, 경제적으로 넉넉해야 삶이 즐겁다는 것입니다.

화조월석 花朝月夕

♥ **화요일**, 화조월석(花朝月夕)은 꽃이 핀 아침과 달 밝은 저녁을 뜻하는 것으로 경치가 좋은 것을 이르는 말입니다.

✪ 글은 전쟁(戰爭)터나 감옥(監獄)에서도 무수히 쓰였습니다.
스페인 내전이 없었다면 조지 오웰의 「카탈로니아 찬가」, 훼밍웨이의 「누구를 위하여 종을 울리나」 등의 불후의 명작은 탄생하지 않았을 것입니다. 그리고 세르반테스는 감옥에서 「돈키호테」를, 마르코 폴로는 감옥에서 「동방견문록(東方見聞錄)」을 남겼습니다.
슬픔과 절망의 끝자락에서든 어디서든 글을 써야합니다.

🍀 달걀 모난 데 없고, 잡놈에게 의리 없다 하였으니....
(사방 경계대상은 잡놈~)

| 29

수서 隋書

💙 수요일, 수서(隋書)란 중국 수(隋) 나라의 역사를 기록한 정사(正史)를 말합니다.

⭐ **행복 3대 조건**
- 일이 있어야 하고
- 사랑이 있어야 하고
- 낭만이 있어야 합니다.

🍀 여자는 많은 사람들의 눈을 위해 옷을 입고, 단 한사람의 마음을 얻기 위해 옷을 벗습니다.(현실은~)

목단주 牧丹酒

♥ **목요일**, 목단주(牧丹酒)는 두통(頭痛), 요통치료(腰痛治療)는 물론이고 혈액을 맑게 해주는가 하면 여성의 월경불순, 자궁질환 등 다양한 산후 증세에 효과가 있습니다.

★ 우리는 말을 하지 않아서 생긴 후회(後悔)보다는, 말을 해버렸기 때문에 생긴 후회가 더 많다는 것을 염두에 두고 항상 삼사일언(三思一言)을 생활화해야 합니다.

♣ 사람은 정(情)으로 사귀고, 귀신(鬼神)은 떡으로 사귄다고 했습니다. 가벼운 말 한 마디도 마음과 정을 담아 이야기하는 습관을 기릅시다.

금金 도끼와 은銀 도끼

♥ 금요일, 금(金)도끼와 은(銀)도끼는 이솝우화에 수록된 고대 그리스 전래동화를 한국적 토착화(韓國的 土着化)로 만들어 우리 초등학교 국어책에 나오게 되었습니다. 그리스 신화(神話)에 나오는 헤르메스 (길의 신이자, 목동의 신)를 산신령으로 변모시켜 착한 사람은 복을 받아 행복하게 산다는 교훈을 주고 있습니다.

☆ 집착(執着)은 할수록 더 끈질기게 달라 붙고, 욕심(慾心)은 부릴수록 더 커집 니다.

집착과 욕심을 버리면 행복이 저절로 굴러옵니다. 가장 빨리 망(亡)하는 방 법은 거만(倨慢), 오만(傲慢), 자만심 (自慢心)을 앞세우면 됩니다.

🍀 속담 한마디,

봄은 여자의 계절이고 가을은 남자의 계절이라 했습니다.

속담에 의하면, 봄 여자 성기(性器)는 쇠 젓가락을 자르고, 가을 남자 성기는 쇠 철판을 뚫는다고 하였으니. 헐~~

| 01

토착 土着

♥ **토요일**, 토착(土着)이란 대대로 한 지역에서 정주해 살고 있는 것을 말합니다.

⊛ 개떡의 유래는 원래 겨떡이었습니다. 보릿겨로 만든 떡으로, 시간이 흐르면서 겨가 게로, 게가 개로 바뀐 것입니다. 당시 먹을 것이 귀하고 봄철 보릿고개를 넘겨야 하는 처절한 서민(庶民)들의 삶의 몸부림이 담겨있는 떡입니다.

♣ 계집 둘 가진 놈의 똥은 개도 안 먹고, 계집 둘 가진 놈의 창자는 호랑이도 안 먹는다고 하였습니다. 여자 둘 비위 맞추려면 속이 다 썩어 빠져 냄새가 고약하기 때문입니다.

| 02

일시동인 一視同仁

♥ **일요일**, 일시동인(一視同仁)이란 성인(聖人)은 모든 사람을 하나같이 사랑한다는 뜻으로, 당나라의 유명한 문장가 한유가 지은 「원인(原人)」에 나오는 말입니다.

⭐ **역(驛)의 유래 1**
- 친구 따라 가는 역 : 강남역
- 가장 싸게 지은 역 : 일원역
- 양력설을 쇠는 역 : 신정역
- 숙녀가 좋아하는 역 : 신사역
- 불장난 하다가 사고 친 역 : 방화역

🍀 물은 쏟으면 줄어들고, 정은 쏟으면 쏟을수록 불어난다고 했습니다.

| 03

월탄 月灘

♥ **월요일**, 월탄(月灘) 박종화(朴鍾和)는 시인이자 소설가입니다. 우리 나라 최초 역사소설(歷史小說)인 「목 매이는 여자」를 썼습니다. 「목 매이는 여자」는 두 임금을 섬길 수 없다고 입버릇처럼 말 하던 남편 신숙주가 단종을 버리고 수양대군 쪽으로 변절(變節)하자 그의 아내 윤씨는 자결(自決)로써 신숙주의 변절 행각을 만천하에 알렸다는 내용입니다.

⊛ **역(驛)의 유래 2**

- 이산가족 꿈을 이룬 역 : 상봉역
- 어떤 여자도 환영하는 역 : 남성역
- 그만 까먹어서 미안한 역 : 아차산역
- 타고 있으면 다리가 저려오는 역 : 오금역
- 장사하는 사람들이 좋아하는 역 : 이문역

🍀 인품(人品), 희망(希望), 꿈, 긍정적 생각은 눈에 보이지 않지만 우리를 지배(支配) 하는 보배들입니다.

| 04

화란춘성 花爛春盛

♥ **화요일**, 화란춘성(花爛春盛)이란 꽃이 만발한 봄의 중심을 말합니다.

⭐ **역(驛)의 유래 3**

- 죽는 사람을 기리기 위한 역 : 사당역
- 서울에서 가장 긴 역 : 길음역
- 그대가 원한다면 뭐든지 다 들어 주는 역 : 수락역
- 길 잃어버린 아이들이 모인 역 : 미아역
- 양치기 소년들이 사는 역 : 목동역

🍀 잃어버린 세월을 복구(復舊)하는 것도 소중하나, 다가오는 세월을 관리(管理)하는 것이 더 소중합니다.

| 05

수가람신 守伽籃神

💜 수요일, 수가람신(守伽籃神)이란 절(寺)을 지키는 신(神)을 말합니다.

⭐ 역(驛)의 유래 4

- 젖 먹이 아이들이 좋아하는 역 : 수유역
- 악마가 싫어하는 역 : 성수역
- 영화감독들이 초조하게 기다리는 역 : 개봉역
- 맹자, 공자, 노자 등 성인들만 사는 역 : 군자역
- 표 검사뿐만 아니라 몸까지 검사하는 역 : 수색역

🍀 마음 건강(健康)이 진짜 건강입니다.

| 06

목경지환 木梗之患

♥ **목요일**, 목경지환(木梗之患)이란 나무 인형(人形)의 근심이라는 뜻으로, 본래의 모습으로 돌아가지 못함을 가리키는 말입니다.

⊛ **역(驛)의 유래 5**
- 학교 가기 싫어하는 애들이 좋아하는 역 : 방학역
- 수도를 틀어도 석유가 콸콸 나오는 역 : 중동역
- 기초적인 바둑을 가르치는 역 : 오목역
- 구겨진 옷을 말끔히 펴는 역 : 대림역
- 일이 산더미처럼 쌓인 역 : 일산역

🍀 가장 교만(驕慢)한 시간은 남을 깔보는 시간이며, 가장 아름다운 시간(時間)은 사랑하는 시간입니다.

| 07

금석뇌약 金石牢約

♥ 금요일, 금석뇌약(金石牢約)이란 두 사람의 언약(言約)이 쇠나 돌처럼 매우 굳건함을 말합니다.

★ 신약(神藥) 즉 신(神)이 내린 명약 6가지
1. 규칙적인 생활
2. 햇볕
3. 긍정적인 사고
4. 휴식
5. 식이요법
6. 친구

♣ 미인(美人)이 따로 없습니다. 정(情)들면 다 미인입니다. 곰보도 정들면 보조개로 보인다고 하지 않습니까.

四 | 08
토끼방귀

♥ **토요일**, 토끼가 제 방귀에 놀란다는 속담(俗談)이 있습니다. 이 말은 남몰래 저지른 일이 두려워서 스스로 겁을 먹고 떠는 사람을 두고 하는 말입니다.

⭐ **남자는 불량품**(不良品)
창조주(創造主)가 남자를 만들 때 남자의 재료(材料)는 흙을 사용하였고, 여자의 재료는 뼈(남자의 갈비)를 사용하였으니 여자가 얼마나 고급 품질(高級品質)입니까? 창조주는 고급 품질인 여자에게 인류 미래를 맡겼습니다(아이를 낳게 하였으니까요).

🍀 중년 여자들의 성형수술(成形手術)은 세월의 흐름에 맞장 뜨는 것이자, 인위적 방부제(防腐劑)로 젊음을 위장한 것에 불과합니다.

| 09

일곡양주 一斛涼州

💗 **일요일**, 일곡양주(一斛涼州)란 뇌물(賂物)을 주고 벼슬길에 오르는 것을 말합니다.

⭐ 신약 성경(新約聖經)에 의하면, 예수는 같은 민족인 유대인들 손에 죽임을 당했습니다. 로마 총독 본디오 발라도는 예수를 처벌해 달라는 유대인들에게 그는 죄(罪)가 없다고 하자, 기득권(旣得權) 종교 지도자들과 유태인들은 연일 시위를 하면서 집요하게 예수 처형을 요구하였고 결국 유태인들의 광장 민심(廣場民心)에 의해 예수는 십자가형을 당했습니다.

🍀 육체(肉體)의 보약(補藥)은 웃음이고, 영혼(靈魂)의 보약은 사랑이라 하였습니다. 아름다운 육체와 아름다운 영혼을 갖기 위해 늘 웃음과 사랑의 물로 샤워해야 합니다.

월하독작 月下獨酌

♥ **월요일,** 월하독작(月下獨酌)이란 시성(時聖) 이태백이 지은 시로서 음주 시의 대표작입니다. 여기서 이태백의 주장은 음주는 모든 근심 걱정을 잊게 하고 삶의 즐거움을 준다고 말하고 있습니다.

월하독작(月下獨酌)

天若不愛酒, 酒星不在天, 地若不愛酒, 地應無酒泉, 天地旣愛酒, 愛酒不愧天,

已聞淸比聖, 復道濁如賢, 賢聖旣已飮, 何必求神仙, 三盃通大道,

一斗合自然, 但得醉中趣 , 勿謂醒者傳,

하늘이 술을 사랑하지 않았다면 하늘에 어찌 주성(酒星)이란 별이 있었으며, 땅이 술을 사랑하지 않았다면 땅에 어찌 주천(酒泉)이란 샘이 있었겠는가? 하늘과 땅이 한사코 술을 사랑하니, 애주가는 하늘을 우러러 한 점 부끄러움이 없어라. 청주는 성인에 비하고, 탁주는 현인에 비하니, 내가 탁주와 청주를 다 마셨으니, 내가 곧 성인이요, 현인이요, 그리고 신선이 아니겠는가? 석 잔은 대도를 통하고 한 말은 자연을 접하니, 오직 술꾼만이 이 취흥을 알리라 ~ 술을 못 마시는 졸장부(맹꽁이)에게는 이 사실을 알리지 마라.

⊛ 여자는 사랑할 수 있을 때 사랑하고, 남자는 사랑하고 싶을 때 사랑합니다.

♣ 생각은 인생의 소금입니다. 음식을 먹기 전에 간을 보듯, 말과 행동을 하기 전에 인생의 소금인 생각을 먼저 하는 것을 생활화합시다.

| 11

화천월지 花天月地

♥ **화요일**, 화천월지(花天月地)란 하늘에는 꽃이 피어있고, 땅에는 달빛이 가득 차있다 라는 뜻으로서, 꽃피고 달빛어린 봄의 한 가운데를 말합니다.

★ 철부지 인간이라고 할 때, 철부지는 절부지(節不知)에서 비롯되었습니다. 한 마디로 계절(季節)을 모르는 인간이란 뜻입니다.

🍀 못난 여자는 애교(愛嬌)와 주접을 혼돈(混沌)하고, 못난 남자는 터프(Tough)와 괴팍(乖愎)을 혼돈합니다.

수정꽃 水晶花

❤️ 수요일, 수정꽃(水晶花)은 천년에 한 번 핀다는 꽃으로 꽃말은 청초(清楚)한 사랑, 순수한 사랑이라는 뜻을 가지고 있으며, 신기하게도 물이 꽃잎에 닿는 즉시 투명하게 변해 반짝이는 수정 꽃이 됩니다. 이런 신기한 현상 때문에 이 꽃을 유령화 또는 해골화로 부르기도 합니다.

✪ 진실(眞實)한 사랑은 도깨비 같은 것입니다. 누구든지 사랑에 대하여 말하지만 지금까지 지구(地球)에서 살다간 800억 명 중 사랑을 봤다는 사람은 단 한사람도 없으니까요.

🍀 사랑은 좋은 걸 함께 할 때 쌓이지만, 정은 어려운 고난(苦難)을 함께할 때 더 두텁게 쌓입니다.

| 13

목인석심 木人石心

♥ **목요일**, 목인석심(木人石心)이란 의지(意志)가 굳어 마음이 흔들리지 않는 사람이라는 뜻으로, 진서(晉書)에 나오는 말입니다.

★ 재앙(災殃)은 적(敵)의 간첩(間諜)과 같아서 혼자서 오는 법이 없고 항상 때를 지어서 들이 닥칩니다.

🍀 누군가에게 사랑받지 못한다는 것은 자살행위(自殺行爲)이자, 범 우주적(宇宙的)인 형벌(刑罰)이나 다름없습니다.

| 14

금속활자 金屬活字

♥ 금요일, 금속활자(金屬活字)인 상정고금예문(詳定古今禮文)은, 세계 최초 금속활자(고려 고종 1234년)로서 독일의 구텐베르크(1452년) 보다 200년 이상 앞서 만들어졌습니다.

✪ 빈정거리고 투덜대는 습관(習慣)은 인생의 악성 바이러스입니다.
긍정 + 미소 + 친절 = 행복한 삶의 원천

[출처 : 문화재청]

♣ 투표(投票)는 씨앗을 심는 것과 같습니다.
좋은 씨앗을 심어야 국민의 미래(未來)가 보장(保障)됩니다.

| 15

토란 土卵

♥ **토요일**, 토란(土卵)은 땅속의 계란으로 불리기도 합니다.
주성분은 멜라토닌으로서 불면증(不眠症), 노화방지(老化防止), 우울증 해소(憂鬱症 解消), 숙면(熟眠), 염증 개선, 피로 회복에 탁월한 식품입니다.

★ 인간은 모든 해로운 생물체(生物體)에 대한 치료법을 개발하였으나, 아직 악처(惡妻), 악부(惡夫)에 대한 치료법은 개발하지 못하였다 하니~
개발하면 노벨 평화상은 떼어 놓은 당상인데 ~

♣ 출가(出家, 스님, 신부님 등)한 사람이나, 이혼(離婚)한 사람이나, 재혼(再婚)한 사람이나, 모두 하나 같이 그 삶의 목적(目的)은 행복(幸福)을 찾기 위함입니다.

四 | 16
일본日本의 핵 기술

♥ **일요일**, 일본(日本)의 저명한 핵 물리학자 후스미 코지 박사는 애제자
인 이시구 박사(경북 의성 출신, 1926년 4월 19일생)에게 핵기술(核技
術)을 전수하였고, 이시구 박사는 북한에 핵기술을 보급하였습니다.
그 공로로 북한 당국으로부터 '공화국 원사'직(職)을 하사 받았다고
합니다.

✪ 약속(約束)이 있다는 것은 자신(自身)이 혼자가 아닐 뿐 아니라 살아있
다는 것을 증명(證明)하는 것입니다.

🍀 여자는 사랑하는 사람을 독점(獨占)하기 위해 노력(努力)하고, 남자는 사랑하는
사람의 수를 늘리기 위해 노력한다니 나쁜 놈들.

| 17

월단루합 月團樓閣

♥ **월요일**, 월단루합(月團樓閣)이란 문 양쪽에 반달처럼 둥글게 낸 합문을 말합니다.

⭐ 세계 최초 계약 결혼(契約結婚)을 하였다고 떠드는 프랑스 철학자이자 노벨 문학상을 받았던 사르트로와 보부아르 보다, 무려 500년 앞선 조선 중종 때 선진관이였던 이사종과 황진이의 계약 결혼이야 말로 인류 최초의 계약 결혼입니다. 역사속의 황진이와 함께한 남자들은 서화담, 이사종, 소양곡(소세양), 이생, 송순, 벽계수(이종숙), 지족 선사였습니다.

🍀 황진이의 오만(傲慢)의 극치(極致)가 만들어 낸 송도 3절(松都三絕)은 서화담, 황진이, 박연폭포입니다.

| 18

화이부동 和而不同

💟 **화요일**, 화이부동(和而不同)이란 공자 「논어」 편에 나오는 말로 서로 생각이 달라도 존중(尊重)하고 이해해야 한다는 의미로 화합(和合)을 강조한 것입니다.

⭐ **음식으로 기분 전환**
- 화날 때 : 매운 음식
- 우울 할 때 : 단 음식
- 피곤할 때 : 고소한 음식

🍀 머리로 잰 사랑은 줄자처럼 되감기지만, 마음으로 잰 사랑은 옷고름처럼 풀어집니다. 그래서 사랑은 머리가 아니라 가슴으로 해야 합니다.

| 19

수박

♥ 수요일, 수박하면 세계 최초(世界最初)로 씨 없는 수박을 개발한 우장춘 박사가 생각납니다. 씨 없는 수박은 우장춘 박사가 동경제국대학교 박사 학위 논문 '종(種)의 합성(合成)'에서 시작되어, 일본 기하라 박사가 우장춘 박사의 논문을 바탕으로 1943년에 개발하였고, 그 뒤 1953년 우장춘 박사가 더 우수한 품종으로 개발한 것입니다.

☆ 운명(運命)에 겁내는 자는 운명에 먹히고, 운명에 맞서는 자(者)는 운명이 길을 비켜줍니다. -비스마르크-

🍀 말할 때는 재미있게 해야 합니다.
사람들이 돈을 내고 극장(劇場) 가는 것도 재미가 있기 때문입니다.

| 20

목단어자견 目短於自見

♥ **목요일,** 목단어자견(目短於自見)이란 자신(自身)의 선(善)과 악(惡)을 알지 못함을 이르는 말입니다.

★ 돈을 귀(貴)하게 여기는 자(者)는 재물(財物)을 얻지만, 사람을 귀하게 여기는 자(者)는 천하(天下)를 얻는다고 했습니다.

🍀 과거(過去)가 있는 여자는 용서(容恕)가 되어도, 미래(未來)가 없는 놈은 도저히 용서할 수 없습니다.

四 | 21

금자탑 金字塔

♥ 금요일, 금자탑(金字塔)은 피라미드(Pyramid)를 일컫는 말로서 피라미드의 모양이 쇠금(金)자를 닮았다 하여 금자탑이라 합니다.

⭐ 비전은 현재(現在)와 미래(未來)를 연결하는 다리인 만큼, 비전이 없다는 것은 곧 꿈과 희망을 상실(喪失)한 것입니다.

🍀 감사하는 마음은 우리를 행복(幸福)하게 해주는 이시스(마법 신)의 상비약(常備藥)입니다.

| 22

토납법 吐納法

♥ **토요일**, 토납법(吐納法)은 장자(莊子)가 사용한 '토고납신(吐古納新)'의 준말로 오래된 기운은 내뱉고 좋은 기운만을 받아들인다는 뜻입니다.

⭐ 가슴속에 별을 간직한 사람은 어둠속에서도 길을 잃지 않습니다.

🍀 이 세상에서 가장 잘 깨지는 것은 유리가 아니라, 사람의 관계(關係)입니다.

일구월심 日久月深

💙 **일요일**, 일구월심(日久月深)이란 날이 갈수록 바라는 마음이 더욱 간절(懇切)하다는 뜻으로, 처절한 그리움을 말합니다.

✪ 한 아버지는 열 자식을 능히 기를 수 있지만, 열 자식은 한 아버지를 봉양(奉養)하기 어렵다 하였으니, 이것이야 말로 부모는 자식에게 평생을 저당(抵當) 잡힌 인생이 아니겠습니까?

🍀 꽃이 아름다운 이유는 생(生)의 절정(絕頂)에서 피어남과 동시에 신(神)이 가장 빛나는 솜씨로 만들었기 때문입니다.

월하화전 月下花前

♥ **월요일**, 월하화전(月下花前)이란 남녀가 비밀스럽게 만나는 장소를 말합니다.

✪ 입안의 침은 회춘(回春)의 비타민입니다.

그래서 침을 옥수(玉水)라고도 합니다.

회춘의 비타민을 대량 생산하기 위해서는 설왕설래(舌往舌來), 즉 키스를 즐겨야 합니다.

🍀 업힌 자식에게도 배울 것이 있다는 것은, 나 이외는 모두가 스승이라는 뜻입니다.

화목 花木

♥ **화요일**, 화목(花木) 즉, 꽃과 나무를 9등급으로 나눈 조선조 15세기 강희안의 「양화소록(養花小錄)」에 의하면, 단군(檀君)이 나라를 개국할 때 무궁화(無窮花) 꽃을 내세웠기 때문에 중국(中國)에서는 우리나라를 무궁화 나라라고 기록하고 있습니다.

✪ 엉겅퀴는 모양(模樣) 때문에 이름도 가지각색입니다. 고양이를 닮았다하여 호계, 묘계, 닭 벼슬 같다 하여 계향초, 소(牛) 주둥이 같다하여 우구자, 자홍색(紫紅色)을 띤 작은 꽃들이 한데 모여 핀다고 하여 야홍화라고도 합니다. 꽃말은 독립, 고독한 사람, 근엄입니다.

🍀 마음의 논밭을 개간(開墾) 할 수 있는 사람은 황무지(荒蕪地) 같은 정치(政治)도 개간할 수 있습니다.

| 26

수제조적 獸蹄鳥跡

❤ 수요일, 수제조적(獸蹄鳥跡)이란 짐승의 굽과 새의 발자취라는 뜻으로, 세상이 혼탁하여 나쁜 인간들이 판을 친다는 것입니다.

✪ 삶에 빛을 주고, 향기(香氣)를 주고, 기쁨을 주고, 보람을 주고, 의미를 주고, 가치와 희망을 주는 것이 곧 사랑입니다.
사랑은 우리 생활(生活)의 등뼈이자 기둥입니다.

🍀 한량(閑良)은 죽어도 기생집 울타리 밑에서 죽는다 하였습니다.
(제 버릇 개 못 준다는 뜻입니다.)

| 27

목숨 받친 초롱꽃 Campanula

♥ **목요일,** 목숨을 바친 충성스러운 꽃이 초롱꽃 또는 풍경초입니다. 은(銀)으로 된 종(鐘)을 들고 황금사과를 지키다 도둑들에게 살해당한 착하고 부지런한 처녀 캠페눌라의 충절(忠節)에 감탄(感歎)한 꽃의 신(神) 플로라는 뭇사람들에게 그녀의 충절을 알리기 위하여 은종(銀鐘) 모양인 초롱꽃을 세상에 탄생시켰습니다.

✪ 생선과 나그네는 사흘만 지나면 썩는 냄새가 진동한다는 말이 있습니다. 아무리 자식 집이라 해도 사흘 지나면 눈치 보인다는 뜻입니다.

🍀 시기와 질투와 원한(怨恨)을 남기는 만남은 부패(腐敗)한 만남입니다.

| 28

금련촉 金蓮燭

♥ 금요일, 금련촉(金蓮燭)이란 황제(皇帝)의 대전(大殿)에 켜는 촛불을 말합니다.

★ 유리로 거울을 만들면 잘못된 의복(衣服)을 바로 잡을 수 있고, 지나간 세월을 거울로 삼으면 흥망성쇠(興亡盛衰)를 알 수 있으며, 사람을 거울로 삼으면 성공(成功)과 실패(失敗)를 가름할 수 있습니다.

🍀 웃음은 고통을 지우는 지우개이자, 만병을 없애는 소각제이고, 근심 걱정을 날려버리는 훈풍(薰風)입니다.

| 29

토종 土種

♥ **토요일**, 토종(土種) 민들레는 서양 민들레와 다르게 꼭 토종 민들레하고만 수정(受精)하는 지조(志操) 있는 꽃입니다.

민들레의 어원은 옛날 사리문 둘레에 많이 자란다 하여 문들레가 민들레로 되었습니다.

⭐ 구약 성서에 의하면 노아의 홍수 때 민들레는 뿌리가 땅 속에 너무 깊이 박혀 미처 피하지 못하고 울고 있자, 홍수를 일으킨 하나님이 불쌍히 여겨 꽃을 홀씨로 만들어 날려 보내도록 하였답니다.

그래서 민들레는 지금도 꼿꼿이 하늘만 바라보면서 감사기도(感謝祈禱)를 올리고 있습니다.

🍀 프랑스 속담

여자는 혓바닥부터 태어났고, 여우는 꼬리부터 태어났다고 하였으니 ~

| 30

일진월보 日進月步

♥ **일요일**, 일진월보(日進月步)란 하루하루를 쉬지 않고 나아가 끊임없이 발전한다는 뜻입니다.

⊛ 비가 오지 않는 곳에는 무지개가 뜨지 않습니다.

무지개를 얻기 위해서는 먼저 비를 맞는 혹독한 시련(試鍊)을 견뎌야 합니다.

🍀 여성을 존중(尊重)하여야 합니다.

여성은 하늘나라의 장미를 인간들의 삶과 엮어 놓은 매개체(媒介體)이니까요.

五 | 01

월하설작음 月下說酌吟

♥ **월요일**, 월하설작음(月下說酌吟), 뉘라서 둥근 달이 하늘 위에 떠있다 했나, 취하여 잔을 보니 달은 분명 잔속에 있네, 잔 기울여 술을 마시니 뱃속으로 달이 든다.

뱃속에 달 충전에 달 월명천 좋을시고. 조선 명종 때 명재상 상진이가 지은 것으로 「범허정집(泛虛亭集)」에 실려 있습니다.

☆ 결혼(結婚)한 남자가 돈을 못 벌어오면 아무리 바른 말을 해도 아내한 테는 거짓말쟁이에 지나지 않는다는 현실(現實)이 개탄스럽습니다.

✿ 세상에서 가장 쉬운 일은 남을 비판(批判)하고 욕(辱)하는 일이고, 가장 어려운 일은 자기 자신을 아는 일입니다.

화해和解의 기술技術

♥ **화요일**, 화해(和解)의 기술(技術)은 가정, 직장, 사회 평화를 위한 지름길입니다. 싸우는 기술을 배우기보다는 화해의 기술을 배워야 합니다.

⊛ 꽃잎이 모여 꽃이 되고, 나무가 모여 숲이 되고,
미소가 모여 웃음이 되고, 두 손이 모여 기도가 되고,
너와 내가 모여 우리가 됩니다.

🍀 사랑에 임자가 어디 있으며, 사랑에 주인(主人)이 어디 있습니까? 품으면 임자요, 주인입니다. 사랑하고픈 이가 나타나면 사랑하십시오. 인생은 촌음(寸陰) 즉 짧다고 하였습니다.

五 | 03
수면 睡眠

♥ 수요일, 수면(睡眠)을 취하고 있는 한 우리에겐 희망(希望)도 근심도 영광(榮光)도 없다고 「돈키호테」의 저자 세르반테스는 말했습니다.

★ 사랑이 크고 떠들썩하다고 행복한 것이 아닙니다. 작은 사랑도 행복합니다. 꽃 역시 크다고 다 아름답지 않듯이, 작은 꽃들도 눈부시고 아름답습니다. (호박꽃을 보십시오)

🍀 사랑을 쫓아버리면 지구는 거대한 무덤이 됩니다.

五 | 04

목석난부 木石難傅

💜 **목요일**, 목석난부(木石難傅)란 나무와 돌에도 몸 붙일 곳이 없다는 뜻으로, 가난하고 의지할 곳이 없는 처지를 말합니다.

⭐ 사랑은 상큼하고 달콤하지만 정(情)은 구수하고 은근(慇懃)합니다. 사랑은 돌아서면 남이자 원수가 되지만 정은 돌아서도 우리가 됩니다.

🍀 여자는 성공(成功)을 위해 남자를 고르고, 남자는 여자를 위해 성공하려 합니다.

금석지감 今昔之感

♥ 금요일, 금석지감(今昔之感)이란 지금과 옛날을 비교할 때 변화가 너무 심한 것을 보고 일어나는 느낌으로 격세지감(隔世之感)과 비슷한 뜻입니다.

⭐ 심장이 멈춰도 꿈이 멈추지 않았다면 당신은 쓰러져도 결코 쓰러진 것이 아닙니다. 그리고 세상에서 가장 가난한 사람은 돈이 없는 사람이 아니라 꿈이 없는 사람입니다.

🍀 게으른 놈은 콧잔등에 앉은 파리도 혓바닥으로 쫓는다는 말이 있습니다. 행복(幸福)도, 행운(幸運)도, 부지런한 사람을 좋아한다는 사실~

토마스 아 켐피스

♥ **토요일,** 토마스 아 켐피스(독일의 사상가 ; 1380~1471)는 먼저 자신이 평화(平和)로워야 다른 사람에게도 평화를 줄 수 있다고 하였습니다.

⭐ 공자가 말하기를

아첨(阿諂)하는 것은 덕(德)을 도둑질 하는 것이라고 했습니다.

아첨은 아첨하는 자와 아첨 받는 자를 다 같이 몰락(沒落)시킵니다.

그리고 아첨은 우리들의 허영심(虛榮心) 그늘에서만 통용되는 위조지폐(僞造紙幣)이므로 항상 아첨하거나 아부하는 자를 경계해야 합니다.

🍀 행복(幸福)은 늘 따뜻한 사람을 찾아다닙니다. 그러니 말 한 마디에도 정성과 애정을 듬뿍 담아 이야기할 때 행복이 찾아옵니다.

일국삼공 一國三公

♥ **일요일**, 일국삼공(一國三公)이란 한 나라에 주도권자(主導權者)가 셋이란 뜻으로, 질서가 서지 않음을 말합니다.

⊛ 조선의 개국공신 정도전은, 해와 달과 별은 하늘의 글이고, 산천초목(山川草木)과 꽃은 땅의 글이며, 시(詩)와 예(禮)와 효(孝)는 사람의 글이라 하였습니다. 예의(禮儀)와 효도(孝道)를 모르는 자는 인간이기를 거부하는 자입니다.

❀ 고기가 썩으면 구더기가 생기고, 생선이 마르면 좀벌레가 생기지만, 태만(怠慢)으로 자신을 잃는다면 재앙(災殃)이 닥칩니다.

월태화용 月態花容

♥ **월요일**, 월태화용(月態花容)이란 달 같은 자태(姿態)와 꽃 같은 얼굴이
란 뜻으로, 여인의 아름다운 얼굴과 자태를 일컫는 말입니다.

⭐ 세계평화(世界平和)는 시간문제(時間問題)입니다.
이 세상 모든 마누라들이 남편을 이해(理解)하는 순간 세계 평화는
이루어집니다.

🍀 모두에게 사랑 받을 필요는 없습니다. 인생은 나를 진실(眞實)로 사랑하는 한사람
으로 충분(充分)하니까요.

| 09

화발다풍우 花發多風雨

♥ **화요일**, 화발다풍우(花發多風雨)란 꽃이 필 때는 그만큼 바람도 많다는 뜻으로, 좋은 일 뒤에는 나쁜 일이 수반(隨伴)된다는 것입니다.

⭐ 인류(人類) 최초의 패션은 무화과 잎사귀입니다. 하나님은 아담과 이브로 하여금 그들의 벌거숭이 패션에서 가장 중요하면서도 수치스런 부분인 거시기를 무화과 잎사귀로 가리도록 하였으니까요.

🍀 새는 기르는 사람의 애정(愛情)을 쪼아 먹고 삽니다.
결코 모이만 먹고 사는 것이 아닙니다.

五 | 10
수난 受難

♥ 수요일, 수난(受難)은 결코 아픔이 아니라 성공의 지름길입니다.
혹한 겨울이 지나야 봄이 오듯이~.

⊛ 황금(黃金) 보기를 수캐가 발정(發情)난 암캐를 만난 듯이 하는 세상입
니다. 그리고 돈을 종교처럼 모시게 되어버린 요즘,
서점(書店)은 장사가 되지 않아 문을 닫고, 술집과 모텔은 밤마다 손님
들이 미어터지니 이놈의 세상~

❀ 명예와 거울은 입김만으로도 흐려진다고 했습니다.
높은 자리에 계실 때 많이 베푸십시오.
그래야 뒷모습이 아름답습니다.

五 | 11

목후이관 沐猴而冠

♥ **목요일**, 목후이관(沐猴而冠)이란 「사기(史記)」에 나오는 말로 원숭이가
감투를 쓴다는 뜻으로, 의관(衣冠)은 그럴 듯하지만 생각과 행동이
사람답지 못하다는 말입니다.

★ 사람의 감정은 늘 흔들립니다.
이때 감정관리(感情管理)를 잘못하면 인생이 흔들립니다.
가장 쉽고 강력한 해결책은 천천히 걸으면서 생각하는 것입니다.

♣ 시(詩)는 인류(人類)의 모국어(母國語)이자 모든 아름다움의 자연적(自然的) 언
어라 했습니다.
인류의 모국어를 사랑하고 아름다운 자연적 언어를 사랑합시다.

五 | 12

금관 金冠

♥ 금요일, 금관(金冠)하면 신라인들이 생각납니다.

금은 화려함보다도 변하지 않은 영원불변(永遠不變) 때문에 신라인들은 금(金)으로 관(冠)을 만들었습니다. 철은 녹슬지만 금은 수천 년이 흘러도 녹슬지 않고 그대로 있습니다. 그리고 금(金)은 새로운 시작이란 의미도 담겨 있답니다.

✪ 펜은 마음의 혀라고 했습니다. 카톡이 아닌 펜으로 정성을 담아 가끔 안부편지를 전하는 것은 어떤지요?

🍀 쉬운 결정(決定)도 어렵게 해야 합니다. 순간의 선택이 평생(平生)을 좌우(左右)하니까요.

土 | 13

토개 土芥

♥ **토요일**, 토개(土芥)란 흙과 쓰레기를 뜻하는 것으로, 예의(禮儀) 없고 오만(傲慢)하고 자신 밖에 모르는 하찮은 사람을 일컫는 말입니다.

⭐ 석가는 인도(印度)의 특정 부족명(部族名)이지 부처님을 지칭하는 이름이 아닙니다. 부처님, 붓다는 '우리말로 깨달은 자'란 뜻입니다. 그래서 석가가 아니라 부처님이라 부르는 것이 맞다고 생각합니다.

🍀 항상 날씨가 맑으면 메마른 사막이 됩니다.
비도 오고 바람도 불어야 비옥한 땅이 되듯이, 시련(試鍊)이 있어야 성공(成功)이 따릅니다.

五 | 14

일촌간장 一寸肝腸

♥ **일요일**, 일촌간장(一寸肝腸)이란 애타는 마음을 말합니다.

✪ 미국 친구들은 정말 웃깁니다. 유명한 사람들 이름 앞에 가끔씩 욕(辱)
을 갖다 붙이니까요.
- 좆이 워싱톤,
- 좆이 포먼,
- 보지니아 울프

이 쯤 되면 순 쌍놈들 맞지요~

✿ 늑대 곁에서 안심(安心)하는 토끼는 없지만, 안심하는 여우는 있습니다.
그래서 남자는 늑대, 여자는 여우라고 합니다.

五 | 15

월천자 月天子

♥ **월요일**, 월천자(月天子)란 세상을 밝게 비추고 청청하게 한다는 뜻으로, 밤하늘의 달을 가리키는 말입니다.

✪ 인간(人間)이 만물(萬物)의 영장(靈長)이라고 자부할 수 있는 이유는, 인간만이 만물을 사랑할 수 있는 가슴을 간직하고 있기 때문입니다.

♣ 속물들은 사람의 내면(內面)보다는 외모(外貌)를 중시(重視)하고, 정신(精神)보다는 물질(物質)을 중시합니다.

五 | 16

화풍난양 和風暖陽

♥ **화요일**, 화풍난양(和風暖陽)이란 화창한 바람과 따스한 햇볕이라는 뜻으로, 따뜻한 봄 날씨를 이르는 말입니다.

✪ 요즘 세상은 사랑을 받아줄 대상을 만들기 위해 작업(作業)을 거는 경우는 드물고 성욕(性慾)을 받아줄 대상을 만들기 위해 작업을 거는 경우가 태반이라고 하니, 속물천국(俗物天國)~!

🍀 밥 호프는 말했습니다.
   내일(來日)은 없다고 생각하고 오늘을 살아라.
   오늘이 바로 내일이라고.

五 | 17

수어지교 水魚之交

♥ 수요일, 수어지교(水魚之交)란 물과 물고기의 만남은 필연(必然)의 관계로 떨어져 살 수 없는 사이를 말합니다.

★ 너는 너, 나는 나라고 하는 사람은 불행(不幸)의 독불장군(獨不將軍)이지만, 우리라고 생각하는 사람은 행복의 연합군입니다.

🍀 냉수 먹고 갈비 트림한다는 속담이 있습니다.
잘난 체, 부자인 체 하지 말라는 것입니다.

五 | 18

목작 木斫

♥ **목요일**, 목작(木斫)이란 갈아 놓은 논바닥을 고르는데 쓰는 농기구의 일종인 써레를 말합니다.

✪ 시선 이태백(詩仙 李太白)은 술을 못 마시는 인간이 쓴 시(詩)는 사람들을 기쁘게 할 수도 없고, 살아남을 수도 없는 죽은 시(詩)라고 했습니다.

✿ 얼굴 주름을 얻는데 평생(平生) 걸립니다.

주름, 상처, 흰 머리 이 모든 것은 한 사람이 치열하게 살아온 삶의 증표이자, 기록(記錄)이자, 역사(歷史)입니다.(성형하지 마십시오. 성형하면 당신의 역사가 사라집니다)

五 | 19

금영 衾影

♥ 금요일, 금영(衾影)이란 신논신독(新論愼獨)에 나오는 말로 홀로 서 있을 때는 그림자에게 부끄럽지 않게 하고, 혼자 잠 잘 때는 이불에게 부끄럽지 않게 해야 한다는 뜻입니다.

★ '성을 쌓는 자는 망(亡)하고, 길을 만드는 자는 흥(興)한다' 라고 징기스칸은 말했습니다. 마음의 담인 성을 쌓지 마십시오. 성공하고 싶다면...

♣ 목숨을 걸 만큼 소중한 사랑은 둘이 함께 있어서가 아니라 꼭 그 사람이 아니면 안 될 것 같은 간절함 때문입니다.

五 | 20

토머스 울프

💗 **토요일**, 토머스 울프의 처녀작이자 출세작인 「천사여 고향을 보라」는, 작가 자신을 모델로 한 소설로 1930년대 미국 문학의 선구자적인 작품이며, 브로드웨이에서 연극으로 공연되기도 한 작품입니다.

⭐ 지혜(智慧)로운 아내는 남편에게 복종(服從)함으로써 남편을 지배(支配)한다고 했습니다.

아내들이여! 지혜로운 여인이 되시길~

🍀 착하고 건강한 아내는 남자(男子)의 최고(最高)의 재산(財産)입니다.

五 | 21

일산日山 해수욕장

♥ **일요일**, 일산(日山) 해수욕장(울산 동구 일산동)은 신라시대 임금이 햇빛 가리개 우산 즉 일산(日傘)을 펼쳐들고 자주 즐겼다 하여 일산(日傘)이 지금의 지명인 일산(日山)으로 불리게 되었습니다.

☆ 좋은 사람이 수없이 많아도 걷잡을 수 없이 밀려드는 것이 바로 고독(孤獨)입니다. 그래서 오늘날 군중 속의 고독(孤獨)이라는 말이 탄생하였는지도 모릅니다.

❀ 실패(失敗) 뒤에는 성공(成功)이 숨어 있습니다.
실패를 두려워하지 마십시오.

五 | 22

월성궁 月城宮

❤ **월요일**, 월성궁(月城宮)란 신라 궁궐의 하나로서, 지형이 달 모양을 닮았다고 하여 붙여진 이름입니다.

✪ 인생(人生)에 승리(勝利)한 사람들은 한결같이 칭찬(稱讚)의 달인(達人) 입니다. 미국의 문학가 마크 트웨인은 칭찬의 언어는 놀라운 위력이 있다면서, 나는 칭찬 한마디면 두 달을 잘 살 수 있다고 했습니다.

🍀 선(善)을 안다는 것은 악(惡)에 저항하는 것이고, 악(惡)에 무관심한 것은 선한 마음을 상실한 것입니다.

五 | 23

화무십일홍 花無十日紅

♥ **화요일**, 화무십일홍(花無十日紅)이라 했던가, 하늘을 나는 새도 떨어 뜨린다는 연산군의 처남 신수근이 중종반정에 의해 역적으로 몰려 죽자 그의 딸 단경왕후는 7일간의 여인천하를 끝으로 1506년 9월 9일 궐 밖으로 쫓겨났습니다.

★ 단경왕후는 중종이 자신을 그리워 한다는 것을 알고 인왕산에 올라가 궁(宮)에서 입던 붉은 치마를 중종이 잘 볼 수 있도록 매일 바위에 펼쳐 놓았답니다. 인왕산 치마바위 전설(傳說)은 이렇게 탄생(誕生) 되었습니다.

♣ 잘못된 논리(論理)로 사람을 설득시키려 하지 마십시오.
지나고 나면 남는 것은 적개심(敵愾心)뿐입니다.

五 | 24

수어혼수 數魚混水

♥ 수요일, 수어혼수(數魚混水)란 악한 사람 하나가 많은 사람에게 좋지 않은 영향을 주어 세상을 나쁘게 만든다는 뜻입니다.

⭐ 행동(行動)의 씨앗을 뿌리면 습관이라는 열매가 열리고
　 습관(習慣)의 씨앗을 뿌리면 성격이라는 열매가 열리고
　 성격(性格)의 씨앗을 뿌리면 운명(運命)이라는 열매가 열립니다.

－ 나폴레옹 －

🍀 남을 미워하고 원망(怨望)하면 자신의 복(福) 항아리를 깨뜨린다고 했습니다.

五 | 25

목계지덕 木鷄之德

♥ **목요일**, 목계지덕(木鷄之德)이란 장자(莊子)의 달생편(達生篇)에 나오는 말로, 주위에서 아무리 난리를 쳐도 겸손(謙遜)과 여유로 주변을 편하게 하는 사람을 일컫는 것입니다.

★ 일찍 일어나는 새가 피곤하고, 일찍 일어나는 벌레가 잡아먹히기 쉽다는 새로운 속설(俗說)에 간과(看過)하지 마시길.

🌸 결집(結集)의 유래는, 불전(佛典)을 올바르게 편집한다는 뜻에서 시작되었습니다.

五 | 26

금지곡 禁止曲

♥ 금요일, 금지곡(禁止曲)의 황당한 사유(박정희 전(前)대통령시대)

• 송창식 : '왜 불러'는 반말한다는 이유로,

• 이장희 : '그건 너'는 남에게 책임을 전가한다는 이유로,

• 조영남의 : '불 꺼진 창'은 창에 불이 꺼져 야한 생각을 한다는 이유로 금지곡이 되었습니다.

⭐ 현부영부귀(賢婦令夫貴)요, 악부영부천(惡婦令夫賤)이라,

어진 아내는 남편을 귀(貴)하게 만들고 악(惡)한 아내는 남편을 천(賤)하게 만든다 라고 명심보감에서 전하고 있습니다. 남편을 귀하게 받들어야 자신도 귀하신 몸이 된다는 사실.

🍀 사랑의 비극(悲劇)이란 절대 없습니다. 오직 사랑이 없는 곳에서만 비극이 있을 뿐입니다.

五 | 27

토인문학 土人文學

♥ **토요일**, 토인문학(土人文學)이란 미개한 땅의 인간 생활을 그린 문학을 말합니다.

⭐ 남편(男便)은 좋은 의복(衣服) 좋은 장식품(裝飾品)을 원하는 것이 아니라, 아내의 상냥한 말에서 행복(幸福)을 느낍니다.

🍀 재물(財物)도 권력(權力)도 지위(地位)도 사랑에 비하면 쓰레기에 불과합니다.

五 | 28

일탈 逸脫

♥ **일요일**, 일탈(逸脫)을 밥 먹듯이 했던 양녕대군은 시(詩)와 서화(書畵)에 뛰어난 인물로, 지금의 남대문 즉 숭례문(崇禮門)을 직접 친필로 썼는가 하면 복잡한 여자관계로 인해 조선 최초의 폐세자가 되기도 했습니다.

✪ 양녕대군은 기생(妓生) 봉지련, 큰 아버지 정종의 애첩(愛妾) 초궁장과 욕정(慾情)을 불태웠고, 평민 방유신의 손녀를 성폭행(性暴行)하였으며, 친 매형인 이백강(태종의 장녀 정순공주의 남편)의 첩 칠점생과 간통하여 결국 이백강은 부끄러움을 견디지 못해 자살(自殺)하고 말았습니다.

❁ 예술(藝術)은 비싸고, 인생(人生)은 더럽고, 고생(苦生) 끝에 골병든다는 사실.

五 | 29

얼래소리

♥ **월요일**, 월래소리, 술비소리는 거문도에서 고기 잡을 때 부르는
소리 중 하나로서, 월래소리는 고기 그물을 당길 때, 술비소리는
굵은 밧줄을 끌면서 부르는 소리입니다.

⭐ 대문호 톨스토이는 말했습니다.
"남의 아내는 백조(白鳥)와 같고, 자기 아내는 쉰 술과 같다"라고~.

🍀 질투(嫉妬)와 증오(憎惡)는 휴일(休日)이 없다고 했습니다. 질투와 증오는 애정
(愛情)이 타버린 재에 불과합니다.

화외지맹 化外之氓

💜 **화요일**, 화외지맹(化外之氓)이란 교화(敎化)가 미치지 못하는 지방의 어리석은 백성을 말합니다.

⭐ 조물주(造物主)가 인간을 진흙으로 만들었다는 증거(證據)는 사람이 열(熱) 받고 화가 나면 몸과 마음이 굳어진다는 것에서 알 수 있습니다.

🍀 누군가의 마음의 문을 열고 공감을 갖게 하는 것은 열쇠가 아니라 따뜻한 말 한마디입니다.

五 | 31

수청무대어 水淸無大魚

💗 <u>수요일</u>, 수청무대어(水淸無大魚)란 물이 맑으면 큰 고기가 없다는 뜻으로 지나치게 똑똑하거나 엄하면 사람들이 가까이 하기 어렵다는 의미입니다.

⭐ 상대가 눈 앞에 없으면 평범(平凡)한 사랑은 의심(疑心)을 하고 결국 식어버리지만 큰 사랑은 깊이 쌓입니다. 바람이 불면 촛불은 꺼지지만 큰 불은 더 세차게 타오르듯이 말입니다.

🍀 가장 높이 나는 새를 잡아서 술안주 만들기가 가장 힘듭니다.

목사님에게

♥ **목요일**, 목사(牧師)에게 어느 무신론자(無神論者)가, 하나님을 보았느냐고 따져 묻자, 목사는 하느님을 보여주겠다면서 어둡고 찌든 빈민가(貧民街)로 그를 데리고 가서, "보십시오, 저들이 다 하나님의 모습이오." 이 얼마나 명쾌한 가르침인가.

✪ 영국격언(英國格言)에 의하면, 착한 아내를 가진 남편(男便)은 제2의 어머니를 가진 것과 같다고 했습니다.

🍀 핸드폰은 가족(家族), 연인(戀人) 그리고 모든 친구(親舊)들과의 대화 단절장치(斷絶裝置)입니다. 가능한 핸드폰 사용은 줄입시다. 우리 모두~.

금연 禁煙

❤ **금요일**, 금연(禁煙)하면 담배입니다. 오랜 옛날 너무 추(醜)하게 생긴 인디언 소녀는 모든 남자들에게 사랑을 받지 못해 결국 자결하였고, 그 소녀의 꿈은 다음 생애(生涯)에 뭇 남자들과 키스하는 것이 소원(所願)이었습니다. 어느 날 소녀의 무덤가에 한 송이 꽃이 피었는데 그 꽃이 바로 담배 꽃입니다. 죽음으로써 꿈을 이루게 된 소녀는 지금도 지구의 수십억 남자들과 매일(每日) 키스하고 있습니다.

⭐ 자만(自慢)은 만족(滿足)에 대한 불구대천의 원수인 만큼 죽은 아버지가 살아와도 절대 자만하지 마십시오.

🍀 사랑은 결혼(結婚)의 새벽이고, 결혼은 사랑의 황혼(黃昏)입니다.

| 03

토고 土膏

❤️ **토요일**, 토고(土膏)란 기름진 땅을 말합니다.

✪ 위대한 민족의 혼(魂) 성웅 이순신 장군은 훗날, "나를 추천한 이는 류성용이요. 나를 구해준 이는 정탁이다"라 했습니다. 정탁의 상소문 (上疏文)이 없었다면 세계 해전사에 빛나는 명랑해전도 없었을 것이고, 오늘날 대한민국도 없었을 것입니다.

🍀 이빨이 없다는 것은 이제 이 세상에서 내가 더 이상 물어뜯을 건덕지가 없다는 것입니다.

일각천금 一刻千金

♥ **일요일**, 일각천금(一刻千金)이란 극히 짧은 시간도 천금의 값어치가 있다는 뜻으로, 세월을 아껴 열심히 노력(努力)하라는 것입니다.

⭐ 구약 성서에 의하면 교만(驕慢)한 자는 패망(敗亡)의 선봉(先鋒)이요, 거만한 자는 넘어짐의 앞잡이라 했습니다.

마음속에 살아있는 교만과 거만(倨慢)을 화형(火刑)시킵시다.

🍀 미사일 쏘아 어찌 메뚜기 한 마리 잡을 수가 있으며, 용천검(龍泉劍)을 뽑아 어찌 몽당연필을 깎을 수 있겠습니까?

인재를 적재적소 (適材適所)에 써야 나라가 흥(興)한다는 것입니다.

월계화 月季花

♥ **월요일**, 월계화(月季花)는 중국이 원산지로서 꽃말은 우정(友情)입니다.

⭐ 꽃말을 만든 것은 영국(英國) 빅토리아 시대(1839~1901)입니다. 남자가 여자에게 꽃을 선물(膳物)할 때 붉은 장미는 사랑, 노랑 장미는 우정 혹은 식어가는 사랑을 뜻합니다. 노랑 장미를 여자에게 선물한다는 것은, 우리 이제 사랑은 그만두고 친구(親舊)로 지내자는 의미(意味)인 만큼 꽃을 선물할 때는 상대에게 실수하지 않게 꽃말을 잘 생각해야 합니다.

🍀 인간(人間)이 태어나자마자 목 놓아 우는 것은 밥줄(탯줄)이 끊어졌기 때문입니다.

화목

♥ **화요일**, 화목(和睦), 사랑, 대화, 희생, 봉사 등 인간의 아름다운 덕(德)은 모두 믿음과 신의의 토대 위에서 자라납니다.

✪ 요즘 동서양(東西洋)을 막론하고 무당이 굿할 때는 처음부터 끝까지 앉아서 합니다.

왜?

선무당 사람 잡는다는 우리나라 속담(俗談) 때문입니다.

♣ 도덕(道德)이란 옷은, 아담과 이브 이후 사람이 입어야 할 옷 중에서 가장 거북한 옷이 되었습니다.

六 | 07

수월성 교육 秀越性 敎育

♥ 수요일, 수월성 교육(秀越性 敎育)이란 탁월한 재능(才能)을 지닌 학생
은 그 능력(能力)을 최대한 발휘할 수 있도록 하고, 일반 학생 역시
능력을 극대화 할 수 있도록 교육 환경(敎育環境)을 조성하는 것을
말합니다.

✪ 비단과 걸레 차이

－ 비단은 귀하지만 모든 사람에게 반드시 필요(必要)한 물건이 아니
고, 걸레는 하찮은 것이지만 모든 사람에게 반드시 필요한 물건입
니다.

🍀 배추 부침개에 케첩 발라 먹는다고 고상해 보이지 않습니다.
진정(眞情) 고상해지고 싶으면 아름다운 마음을 키우십시오.

목불규원 目不窺園

♥ **목요일**, 목불규원(目不窺園)이란 집에 있으면서도 정원을 바라볼 겨를이 없다는 뜻으로, 학문에 열중하느라 시간이 없음을 나타내는 말입니다.

⭐ 독일 케린 웨더비 박사의 연구 결과, 풍만한 여자 젖가슴을 10분 이상 응시할 시 헬스클럽에서 30분 유산소 운동(有酸素運動)하는 효과가 있고, 여자의 노출된 가슴 사진을 계속 즐기면 고혈압(高血壓), 심장질환(心臟疾患), 뇌졸증을 절반으로 줄이는가 하면 젖가슴을 꾸준히 쳐다볼 시 평균 수명이 4~5년 연장 된다는 결론이 나왔으니 이 정도면 남자의 목숨줄이 여자 가슴에 달려 있다는 것이 확실(確實)하지요?

🍀 부끄러움을 모르는 사람은 양심(良心)이 없는 사람입니다.

금지곡 禁止曲

六 | 09

♥ 금요일, 금지곡(禁止曲)의 희한한 사유(事由) (1975년 5월 금지곡)

- 한대수 : 물 좀 주소는, 물고문 연상시킨다고,
- 이금희 : 키다리 미스터 킴은, 대통령(박정희)이 단신(短身)이므로 심기를 불편하게 한다는 이유로
- 배호 : 0시의 이별은, 0시에 이별하면 통행금지(通行禁止) 위반(違反)이라는 이유로 금지곡(禁止曲) 처분을 당했습니다.

✪ UN에서 재정립(再正立)한 연령 기준에 의하면

- 18세 ~ 65세: 청년기
- 66세 ~ 79세: 장년기
- 80세 ~ 99세: 노년기
- 100세 이상: 장수기

❀ 매력(魅力)은 눈을 사로잡지만 미덕(美德)은 영혼을 사로잡습니다.

토경어란 土傾魚爛

💙 **토요일**, 토경어란(土傾魚爛)이란 흙이 무너지고 물고기가 썩어 문드러
진다는 뜻으로 민심(民心)이 흐려지고 기강(紀綱)이 무너져 부패(腐敗)
해 가는 사회를 말합니다.

⭐ 법(法)이란 참으로 위대(偉大)합니다. 신
(神)의 아들 예수도, 신(神)의 세계를 믿
었던 소크라테스도, 지구는 돈다고 말했
던 코페르니쿠스도 모두 사형시켰으니
까요.

무지몽매(無知蒙昧)한 법이여~, 진리(眞
理)를 말하는 인간은 죽일 수 있어도 진
리 그 자체만은 결코 죽일 수 없다는 것
을 각인(刻印)하시길~.

🍀 요즘 세상은 팔다리가 없는 사람보다 돈 없는 사람을 더 장애인(障礙人)으로
취급하고 있으니.
돈이 뭔지...

六 | 11

일겁 一劫

♥ **일요일,** 일겁(一劫)이란 사전적(辭典的)으로는 천지가 한번 개벽(開闢)하고 다시 개벽이 시작될 때까지의 시간이고, 불교에서는 높이와 길이가 사방 40리 되는 바위에 100년에 한 번씩 선녀가 내려와 버선발로 춤을 추어 치마 끝자락으로 바위를 닳아 없애는 시간을 1겁이라 하였으며, 힌두교에서는 43억2천만 년을 1겁(일, 십, 백, 천, 만, 억, 조, 경, 해, 자, 양, 구, 간, 정, 재, 극, 항하사, 아승지, 나유타, 불가사의, 무량대수, 겁)이라고 하고 있습니다.

⭐ 승자(勝者)는 패자(敗者)보다 열심히 일하지만 시간(時間)의 여유가 있고 패자는 승자보다 게으르지만 늘 바쁘다고 말합니다.

🍀 질투(嫉妬)는 자기 몸을 스스로 다치게 하는 자해공갈단(自害恐喝團)입니다.

六 | 12

월조조l 越俎罪

♥ **월요일**, 월조죄(越俎罪)란 자기에게 주어진 직분이나 권한 따위를 넘어 부당하게 남의 일을 간섭(干涉)하는 죄를 말합니다.

⊛ 생각도 고이면 썩고, 걱정도 쌓이면 병(病)이 됩니다. 쓸데없는 생각과 걱정은 밀물 속으로 밀어 넣어 익사(溺死)시킵시다.

🍀 관계(關係)하지 않는 관계는 관계가 아닙니다.

| 13

화려 華麗

♥ **화요일**, 화려(華麗)한 꽃일수록 잡초들이 질투하고, 빛은 강할수록 그림자는 더욱 선명하게 생기는 법입니다.

✪ 악마(惡魔)는 우리를 절대 유혹(誘惑)하지 않습니다. 우리를 유혹하는 것은 우리들 자신입니다.

❀ 외롭다 해서 진실(眞實)하지 않은 사람을 만나면,
외로움에 괴로움까지 더해질 뿐입니다.

六 | 14

수시변동 隨時變動

💙 수요일, 수시변동(隨時變動)의 반대말인 '남아일언 중천금'(男兒一言 重千金)은, 사나이 대장부의 한 마디는 천금보다 무겁고 가치 있다고 하였거늘, 요즘 대한민국 정치인들 세치 혀끝을 보십시오. 남아일언중 천금이 아니라 남아일언 수시변동(隨時變動)도 부족하여 남아일언 풍선껌으로 타락(墮落)하고 말았습니다.

⭐ 러시아 격언(格言)에 의하면 사랑과 달걀은 신선할 때가 가장 좋다고 했습니다. 늘 신선한 사랑하시길.

🍀 꽃다운 얼굴은 한 철이지만 꽃다운 마음은 평생을 지켜줍니다.

| 15

목마가렛 꽃

♥ **목요일**, 목마가렛 꽃은 나무 쑥갓으로도 불리지만, 단단한 목질을 이루는 목질화(木質化)가 잘 된다고 해서 붙여진 이름입니다. (꽃말은 진실한 사랑)

✪ 잡고 있는 것이 많으면 손이 아프고, 지고 있는 것이 많으면 어깨가 아프고, 품고 있는 것이 많으면 가슴이 아픕니다. 아픈 것이 많다는 것은 가지고 있는 것이 많다는 것입니다.
모두 다 내려놓으십시오.
행복(幸福)해지고 싶다면~

🍀 배가 고프다는 것은 외롭다는 말과 이음동의어(異音同義語)입니다.

| 16

금의야행 錦衣夜行

♥ 금요일, 금의야행(錦衣夜行)이란 비단(緋緞) 옷을 입고 밤길을 걷는 것과 같아 아무런 보람이 없다는 뜻입니다.

이 말은 진나라를 멸망(滅亡)시킨 항우가 남긴 것입니다.

★ 시 낭송가(詩 朗誦家)는 진정한 농사꾼입니다.

시인들이 영혼의 낱말들로 원고지란 이름의 논밭을 일구어 놓으면 그곳에 깨우침의 씨앗을 뿌리는 것이 시 낭송가들이니까요.

♣ 고독하다는 것은, 아직도 나에게 소망(所望)이 있다는 것입니다.

삶이 남아 있다는 것입니다. 그리움이 남아 있다는 것입니다.

| 17

토문강 土門江

♥ **토요일**, 토문강(土門江)은, 1712년 세워진 백두산정계비(白頭山定界碑)에 의하면 서쪽으로 압록강(鴨綠江), 동쪽으로는 토문강(土門江) 물줄기를 따라 조선과 청나라의 국경을 정한다고 새겨져 있습니다. 정계비의 주장대로라면 북간도는 대한민국 영토입니다.

✪ 사람은 믿음과 함께 젊어지고 의심(疑心)과 함께 늙어갑니다.

🍀 첫사랑을 오래도록 잊지 못하는 것은, 사랑이 깊어서가 아니라 아쉬움 때문입니다.

일기당천 一騎當千

❤ **일요일,** 일기당천(一騎當千)이란 한 마리의 말에 오른 장수(將帥)가 천명의 병사를 능히 당해낸다는 뜻으로, 무예(武藝)나 능력이 아주 뛰어남을 비유한 말입니다.

★ 관광(觀光)이란 말은 과거시험(科擧試驗)에서 유래되었습니다. 지금의 관광(觀光)은 뛰어난 명승지를 구경하는 것이지만, 원래는 선비들이 장원급제(壯元及第)하여 가문(家門)에 빛(光)을 내라는 뜻인 광관(光觀)에서 탄생된 것입니다.

※ 광관(光觀) → 관광(觀光)

♣ 진실로 사랑을 원한다면 무엇보다도 용서(容恕)하는 법(法)을 배워야 합니다.

六 | 19

월조소남지 越鳥巢南枝

♥ **월요일,** 월조소남지(越鳥巢南枝)란 남쪽에서 날아온 새는 남쪽을 향한 가지에 둥지를 튼다는 뜻으로, 고향(故鄕)을 그리워하는 것을 말합니다.

✪ 평생 비폭력(非暴力)을 외쳤던 간디의 사진을 보십시오. 이빨이 빠져있습니다. 얼마나 간디답습니까. 이빨이 없는 동물(動物)은 진정한 비폭력적인 동물이니까요 ~.

🍀 우리에게 내일이 없다는 말을 한 것은
 - 하루살이
 포경수술의 순 우리말은 - 아주까리

화약 火藥

💙 **화요일**, 화약(火藥)냄새가 쓸고 간 휴전선(休戰線) 깊은 계곡을 순찰하던 한명희 장교는 녹슨 철모와 돌무덤의 주인이 6·25 전쟁(戰爭) 당시 사망한 자기 또래의 무명용사라는 애상(哀傷)에 잠겨 작사한 곡이 바로 국민 애창곡 비목(碑木)입니다.

⭐ 비목은 노래 가사가 말해주듯 녹슨 철모, 이끼 낀 돌무덤, 그 옆을 지키고 서 있는 새하얀 소복차림의 산목련(山木蓮)은 조국(祖國)을 위해 산화(散花)한 젊은 넋들의 애잔함 그대로입니다.

🍀 이 세상에서 가장 불행(不幸)한 것은 너무 늦게 사랑을 깨우치는 것이라 했습니다.

| 21

수각황망 手脚慌忙

♥ 수요일, 수각황망(手脚慌忙)이란 뜻밖의 일로 놀라고 당황(唐慌)하여 쩔쩔매는 것을 말합니다.

⊛ 슬픔도 고통도 좌절도 인생의 일부지만 슬픔, 고통, 좌절을 마음에 담아두지 마십시오.
마음에 담아두면 그것들이 기쁨을 빼앗아가고 희망(希望)을 불태워버립니다.

🍀 프로는 메모를 하고, 아마추어는 듣기만 합니다.

목판 훈민정음 木板 訓民正音

♥ **목요일**, 목판 훈민정음 해례본(木板 訓民正音 解例本)은 한글의 자음(子音)과 모음(母音)을 만든 원리와 용법을 상세하게 설명한 국보 제70호로서 1940년 안동에서 발견되었습니다.

★ 사육신(死六臣)은 왕권 찬탈의 부당한 권력(權力)에 저항하다가 떳떳하게 죽음을 택한 절의지신(節義之臣)들입니다.

🍀 천국(天國)의 문(門)에는 이렇게 쓰여져 있습니다.
운명(運命)에 굴복(屈伏)하는 얼빠진 자들에게는 불행(不幸)만 있을 뿐이라고.

금환락지 金環落地

💙 금요일, 금환락지(金環落地)란 선녀(仙女)가 목욕한 후 하늘로 오르 다가 금가락지를 떨어뜨린 자리라 하여, 천하명당(天下明堂)을 말합니다.

✪ 회사(會社)에는 두 부류 사람밖에 없습니다. 주인(主人)이냐? 머슴이 냐? 주인은 스스로 일하고, 머슴은 누가 봐야 일합니다. 주인은 힘든 일도 즐겁게 하지만 머슴은 즐거운 일도 힘들게 합니다.

🍀 억만 장자라도 외로운 인생(人生)이면 실패(失敗)한 인생입니다.

토돈 土豚

♥ **토요일**, 토돈(土豚)이란 모래주머니를 말합니다.

⭐ 영화(映畵) '포화 속으로'는, 1950년 8월 10일 목요일 서울 동성중학교 3학년이던 이우근이, 6·25 격전지인 포항전투(浦項戰鬪)에서 전사하기 직전 어머니에게 쓴 편지를 모티브화 한 것입니다.
"어머니! 어쩌면 제가 오늘 죽을지도 모릅니다. 웬일인지 문득 상추쌈을 게걸스럽게 먹고 싶습니다. 그리고 찬 옹달샘에서 이가 시리도록 차가운 냉수를 한없이 들이키고 싶습니다." 라고 쓴 편지가 그의 유서(遺書)가 될 줄이야~

♣ 3년 1개월간의 6·25전쟁에서, 군인 실종자(失踪者) 17만여 명과 부상자(負傷者) 45만여 명, 민간인 사상자(死傷者)와 행방불명자 100만여 명, 전쟁미망인 20만여 명, 전쟁고아 10만여 명의 상처를 남겼습니다. 하지만 전쟁이 언제, 왜 일어났는지도 모르는 안보 무지(安保無智)의 세대와 안보 불감증(安保不感症)의 국개(國犬)의원들이 주류를 이루고 있으니, 허민의 전선야곡(戰線夜曲)이 더욱 슬프게 들릴 뿐입니다.

六 | 25

일희일비 一喜一悲

♥ **일요일,** 일희일비(一喜一悲)란 기쁨과 슬픔이 번갈아 일어난다는 뜻입니다.

✪ 미숙(未熟)한 사람은 자기를 닮은 사람만 좋아하고, 성숙(成熟)한 사람은 자기와 다른 사람도 좋아합니다. 미숙한 사람은 좋고 싫고를 따지지만 성숙한 사람은 옳고 그름을 따집니다.

🍀 고개 숙인 남자(男子)의 육체적(肉體的) 힘의 원천(源泉)은 비아그라이고, 정신적(精神的) 비아그라는 '웃음'입니다.

| 26

월지 月池

♥ **월요일**, 월지(月池)는 신라 문무왕 14년(674년)에 궁(宮) 안에 못을 파고 산을 만들어 화초(花草)와 진기한 새와 짐승을 길렀다는 연못입니다.

⭐ 강한 사람은 스스로 열정(熱情)을 지배(支配)하는 사람이고, 진정으로 부자(富者)인 사람은 작은 것에도 만족(滿足)할 줄 아는 사람입니다.

🍀 부지런함은 행운(幸運)의 오른팔이고, 검소(儉素)함은 행운의 왼팔입니다.

화기치상 和氣致祥

♥ **화요일**, 화기치상(和氣致祥)이란 음(陰)과 양(陽)이 서로 화합(和合) 하면 경사롭고 좋은 일이 생긴다는 뜻입니다.

✪ 미안함을 의미(意味)하는 sorry의 어원(語原)은 아픈 상처라는 뜻을 지닌 sore에서 유래되었습니다. 그래서 그런지 진심어린 사과(謝過) 는 늘 마음이 아프답니다.

🍀 아첨꾼의 목구멍은 열려있는 무덤인 만큼 아첨꾼은 항상 경계(警戒) 대상입니다.

六 | 28
수설화 隨設話

♥ _{수요일}, 수설화(隨設話)란 어떤 사실(事實)을 바탕으로 쓴 소설(小說)을 말합니다.

★ 辛(매울 신)에 一(한 일)을 더하면 幸(행복 행)자가 되듯이, 고추보다 매운 인생에 웃음 하나를 더하면 행복(幸福)해진다는 뜻입니다.

♣ 여자의 옷을 입히는 것과 벗기는 것에는, 진정한 사랑이라는 거래(去來)가 필요합니다.

목본수원 木本水源

♥ **목요일**, 목본수원(木本水源)이란 나무의 밑둥과 물의 근원이라는 뜻으로, 자식은 몸의 근원인 부모에게 효도해야 한다는 것입니다.

✪ 여자의 외적(外的) 아름다움은 여름철 과일 같아서 부패(腐敗)하기 쉽고 오래가지 않지만 내적(內的) 아름다움인 매력(魅力)은 영원히 함께 합니다.

🍀 사랑은 망원경(望遠鏡)을 통해 보고, 질투(嫉妬)는 현미경(顯微鏡)을 통해 봅니다.

| 30

금혼식 金婚式

♥ 금요일, 금혼식(金婚式)은 결혼(結婚)한 지 50년 되는 날을 축하(祝賀)하는 예식(禮式)입니다.

★ 양자 물리학(量子物理學)에 의하면, 빛의 파동과 입자의 결합(結合)에 의해서 우주가 형성되었고, 생명(生命)이 탄생(誕生)하였다고 합니다. 그러므로 우리들의 만남은 단순한 만남이 아니라 빛과 빛의 위대한 만남입니다.

🍀 참을 줄 알고, 허리 굽힐 줄 알면, 어떤 난관(難關)을 만나도 극복(克服)할 수 있습니다.

| 01

토봉방주 土蜂蚌酒

♥ **토요일**, 토봉방주(土蜂蚌酒)는 무덤이나 무덤사이 흙 속에 지어진 말벌 집을 채취하여 담근 술이고, 노봉방주(露蜂蚌酒)는 건물 혹은 나무 등에서 말벌 집을 채취하여 담근 술을 말합니다.

⭐ 사람의 얼굴은 하나의 풍경(風景)이자 한 권의 책입니다. 용모(容貌)는 결코 거짓말을 하지 않습니다. (아름답게 살도록 노력합시다.)

🍀 마음속 깊이 뿌리내린 아름다운 웃음꽃은 평생행복(平生幸福)에 영양소(營養素)를 공급하는 꽃입니다.

| 02

일국사회주의 一國社會主義

❤ **일요일**, 일국사회주의(一國社會主義)란 1924년 스탈린에 의해 만들어졌지만 그의 공산주의(共産主義) 이론인 유물론(唯物論)에 의하면, '인간(人間)은 단백질(蛋白質)의 화합물(化合物)이기 때문에 죽는다는 것은 그 분해 작용이므로 슬퍼할 것도 안타까워할 것도 없다'라고 하였습니다.

✪ 서양 속담에 '비단 옷을 입어도 원숭이는 원숭이'라는 말은, 근본(根本)은 속이지 못한다는 뜻입니다.
(인간의 근본은 첫째도 예의(禮儀) 둘째도 예의~)

♣ 깨끗한 의복(衣服)은 자신의 좋은 소개장(紹介狀)이고, 단정한 용모(容貌)는 상대에 대한 배려(配慮)입니다.

| 03

월미도 月尾島

♥ **월요일,** 월미도(月尾島)란 섬의 생김새가 반달 꼬리처럼 휘어져 있다고 해서 붙여진 이름이며, 로즈 섬으로 불렸던 이유는, 1889년 병인양요(丙寅洋擾) 때 인천 앞바다에 정박해 있던 프랑스 함대의 함장 이름을 따서 한때 외국 지도에 로즈 섬(Rose Island)으로 소개되기도 하였습니다.

✪ 찌꺼기란, 더 이상 값어치가 없다는 뜻입니다. 그래서 찌꺼기는 쓸쓸히 버려질 뿐입니다.

🍀 지혜(智慧)는 듣는 데서 오고, 후회(後悔)는 말하는 데서 옵니다.

| 04

화룡점정 畵龍點睛

💙 **화요일**, 화룡점정(畵龍點睛)이란 용을 그린 다음 마지막으로 눈동자를 그린다는 뜻으로, 중요한 부분을 잘 마무리하여 일을 끝내는 것을 말합니다.

⭐ 윷놀이의 도는 돼지(豚), 개는 개(犬), 걸은 양이나 염소(羊), 윷은 소(牛), 모는 말(馬)을 뜻합니다.

🍀 에티오피아 속담에

'거미줄로도 사자를 묶는다'고 했습니다. 힘 없고 보잘 것 없어도 끝까지 포기(抛棄)하지 않고 노력(努力)한다면 성공(成功)할 수 있다는 것입니다.

| 05

수불석권 手不釋卷

💜 수요일, 수불석권(手不釋卷)이란 항상 손에 책을 들고 부지런히 공부하는 것을 말합니다.

⭐ 오나라 손권의 부하 여몽은 용맹(勇猛)하였으나 매우 무식(無識)하였습니다. 손권이 여몽에게 학문을 권장하기를 '광무제는 변방(邊方)에서도 손에 책을 놓지 않았고, 조조 역시 늙어서 까지 배우기를 게을리 하지 않았다'라고 한 말에서 수불석권(手不釋卷)이란 사자성어(四子成語)가 탄생했습니다.

🍀 인간(人間)이 추구(追究)하는 최고(最高)의 가치(價値)는 행복(幸福)입니다. 행복의 시발점(始發點)은 바로 낭만(浪漫)입니다. 낭만, 사랑, 행복, 만족은 한 지붕 한 가족 입니다.

목비

♥ **목요일**, 목비란 모내기 할 무렵 목 빠지게 기다리는데 때맞추어 내리는 비로서 일명 단비, 풍년비라고도 합니다.

⭐ **비와 낭만**(浪漫) **1**

- 잠비 : 여름 작물을 돌보다가 잠시 일손을 쉬고 잠을 잘 수 있도록 많이 내리는 비
- 떡비 : 가을걷이를 끝내고 떡을 해먹기 좋을 때 내리는 비
- 술비 : 농한기인 겨울에 내리는 비로 술 마시고 놀기 좋다는 비
- 여우비 : 맑은 날에 잠깐 뿌리는 비
- 오란비 : 장마비의 옛말
- 약비 : 요긴할 때 내리는 비
- 가랑비 : 미운사람 떠나가라고 내리는 비

등이 있다고 우리 조상님들은 말하고 있습니다. 이 얼마나 풍류(風流)와 낭만(浪漫)이 깃들어 있습니까.

🍀 가슴은 머리가 보지 못하는 눈을 가지고 있습니다. 머리가 아닌 가슴으로 세상을 살아갈 때 우리는 항상 행복(幸福)합니다.

금불초 金佛草

| 07

💜 금요일, 금불초(金佛草)는 꽃이 부처님의 환한 얼굴처럼 닮았다고 하여 붙여진 이름입니다. 선복화(旋覆花)라고도 합니다.

⭐ 비와 낭만(浪漫) 2

- 봄비: 봄철에 오는 비
- 큰비: 상당한 기간에 걸쳐 많이 쏟아지는 비
- 꽃비: 꽃잎이 내리듯 가볍게 흩 뿌려지는 비
- 금(金)비: 농사에 매우 요긴하 고 유익한 비를 비유적으로 이르는 말
- 웃비: 아직 우기(雨氣)는 있으나 좍좍 내리다가 그치는 비
- 날비: 비가 올 것 같은 징조도 없이 내리는 비
- 못비: 모를 다 낼만큼 충분히 오는 비
- 찬비: 차갑게 느껴지는 비
- 첫비: 그 해나 그 철에 처음으로 오는 비
- 밤비: 밤에 내리는 비

🍀 칭찬(稱讚)과 격려(激勵)는 귀로 먹는 보약(補藥)입니다.

| 08

토포악발 吐哺握發

♥ **토요일**, 토포악발(吐哺握發)이란 인재(人才)를 맞이하는데 최선을 다하라는 뜻입니다. 이 말은 중국 「시경」의 해설서인 「한시외전(韓詩外傳)」에 전하는 고사성어로서, 중국 고대 주나라 주공(周公)으로 인해 탄생했습니다.

⭐ **비와 낭만(浪漫) 3**
- 가을비 : 가을에 오는 비
- 궂은비 : 끄느름하게 오랫동안 내리는 비
- 안개비 : 내리는 빗줄기가 매우 가늘어서 안개처럼 보이는 비
- 소나기 : 갑자기 세차게 쏟아지는 비
- 노박비 : 한순간도 끊어지지 않고 줄곧 내리는 비
- 눈개비 : 비가 섞여 내리는 진눈깨비
- 바람비 : 바람과 더불어 몰아치는 비
- 색시비 : 새색시처럼 수줍은 듯 소리없이 내리는 비
- 억수비 : 억수로 내리는 비
- 사랑비 : 그리운 사람이 보고플 때 내리는 비

🍀 사랑의 비극(悲劇)은 죽음이나 이별(離別)이 아니라, 두 사람 중 어느 한사람이 이미 상대방을 사랑하지 않게 된 날부터입니다.

| 09

일일 一日

💗 **일요일**, 일일(一日)이 따지지 않고 필요한 지식은 모두 배워야 합니다. 그리고 필요한 시간을 만들어 사용할 줄 아는 사람이 성공합니다.

⭐ **비와 낭만**(浪漫) 4

- 장마비 : 장마 때에 오는 비
- 작살비 : 매우 굵고 줄기차게 쏟아지는 비
- 장(長)대비 : 장대처럼 굵고 거세게 좍좍 내리는 비
- 해토(解土)비 : 얼었던 땅이 녹아서 풀리기 시작할 때 내리는 비
- 보슬비 : 바람이 없는 날 가늘고 조용히 내리는 비
- 우레비 : 천둥소리와 함께 내리는 비
- 이슬비 : 사랑하는 사람이 떠나지 말고 있으라고 내리는 비
- 꿀비 : 농사짓기에 적합하게 내리는 비
- 뚝비 : 그칠 가망이 없이 많이 내리는 비

🍀 실패자(失敗者)는 신(神)이 버린 사람입니다. 그러나 실망(失望)할 필요는 없습니다. 노력(努力)하면 신은 다시 주워서 재활용(再活用) 하니까요.

| 10

월관지화 越官之禍

♥ **월요일,** 월관지화(越官之禍)란 「한비자」에 나오는 고사로 내 영역(領域)을 벗어나 다른 사람의 업무(業務)에 간섭하면 조직(組織)의 원칙이 무너져 생존(生存)에 실패(失敗)한다는 뜻입니다.

★ 상대의 말을 반박(反駁)하고 서로 언성을 높여서 얻어낸 승리(勝利)는 진정한 승리가 아니라 곧 사라져 버릴 먼지와 같습니다.

♣ 연애(戀愛)의 주식시장(株式市場)에는 영원한 안정주(安定株)란 없으니, 연애하는 기간 동안은 안정주인 '참사랑'만 해야 합니다.

| 11

화양연화 花樣年華

♥ **화요일**, 화양연화(花樣年華)란 인생에서 가장 아름답고 행복한 순간 즉 젊은 시절을 뜻하지만, 바로 지금 이 순간을 즐기라는 뜻이기도 합니다.

✪ 불가능(不可能)하다고 생각하면 될 일도 안 되지만 가능하다고 믿으면 안 될 일도 됩니다.

✿ 장미꽃 백 송이는 일주일이면 시들지만, 마음의 꽃 한 송이는 백년(百年)동안 향기(香氣)를 품고 있다고 했으니, 자신의 행복(幸福)을 위해 마음 꽃 한 송이를 꼭 품고 사십시오.

| 12

수지오지자웅 誰知烏之雌雄

♥ 수요일, 수지오지자웅(誰知烏之雌雄)이란 누가 까마귀의 암수를 구분할 수 있겠는가라는 뜻으로, 사물(事物)의 옳고 그름을 가려내기가 매우 어려움을 일컫는 말입니다.

★ 칭찬(稱讚)은 우리에게 어떤 식사보다 맛있는 진수성찬(珍羞盛饌)인 만큼 삶의 진수성찬을 위해 칭찬에 인색(吝嗇)하지 맙시다.

🍀 하늘에 달이 없으면 - 날 샜다.
  이혼(離婚)의 가장 결정적인 원인은 - 결혼(結婚)

| 13

목적지 目的地

♥ 목요일, 목적지(目的地)에 행복(幸福)이 있는 것이 아니라, 목적지로
　가는 여정(旅程)에 행복이 있습니다.

✪ 지나간 사랑을 기억(記憶)한다는 것은 화장실에서 장미 향기를 불러일
　으키려고 애쓰는 것과 같습니다. 그래서 누군가 말했지요. 과거는
　다 써버린 쓰레기라고.

🍀 절벽(絕壁)에서 떨어지다가 나무에 걸려 살아난 놈은
　(덜 떨어진 놈)

| 14

금석지언 金石之言

♥ 금요일, 금석지언(金石之言)이란 교훈이 되는 귀중한 말이란 뜻입니다.

⭐ – 한 번의 미소(微笑)는 한 번의 용서(容恕)이고,
– 한 번의 미소는 한 번의 사랑이며,
– 한 번의 미소는 한 번의 행복(幸福)입니다.
미소를 발견(發見) 했을 때 행복은 스스로 일어납니다.

🍀 우리나라에서 최초의 공중변소(公衆便所)는 – 전봇대.

| 15

토머스 하디의 소설

💜 **토요일**, 토머스 하디는 소설 「테스」에서, 꽃보다 아름답고 별처럼 순수한 주인공 테스가 주인의 아들 알렉에게 유린(蹂躪)당한 사실을 얇은 비단(緋緞)과 백합(白合)꽃에 비유하면서 여성의 정조는 경제적 뒷받침 위에서 지켜진다고 주장했습니다.
'테스'의 비극은 영국의 산업혁명 이후 농촌(農村)이 몰락해 가는 실상(實相)을 표현한 것입니다.

⭐ 세상에서 행복(幸福)보다 더 좋은 것이 있습니다. 그것은 만족(滿足)입니다. 큰 행복이라도 만족이 없으면 불행(不幸)이고, 아주 작은 행복(幸福)이라도 만족하면 큰 행복이 됩니다.

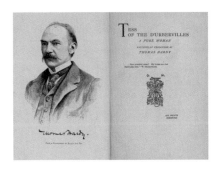

🍀 물고기는 언제나 입으로 낚이고, 사람은 언제나 입 때문에 불행(不幸)에 낚입니다.

| 16

일본 日本

♥ **일요일**, 일본(日本)놈들의 생체실험(生體實驗)에 의해, 27세의 꽃다운 나이로 세상을 떠난 민족시인 윤동주는 후쿠오카 형무소에서 1945년 2월 16일 고인(故人)이 되었습니다. 당시 윤동주의 당숙 윤영춘(가수 윤형주의 부친)씨가 시신(屍身)을 수습(收拾)하였고, 그는 죽음 앞에서도 오직 나라와 민족만을 생각했던 분입니다.

★ **서시**

-윤 동 주-

죽는 날까지 하늘을 우러러 한 점
부끄러움이 없기를,
잎새에 이는 바람에도 나는 괴로워했다.
별을 노래하는 마음으로 모든 죽어가는 것을
사랑해야지
그리고 나한테 주어진 길을 걸어가야겠다.
오늘 밤에도 별이 바람에 스치운다.

🍀 사랑은 스스로 떠나가는 경우는 없습니다. 무관심(無關心)과 방치(放置) 때문에 떠나가는 것입니다.

| 17

월무광 月無光

♥ **월요일**, 월무광(月無光)이란 유성(流星)에 가리어 달빛이 보이지 않게 되는 현상(現狀)을 말합니다.

✪ 걱정은 '우리가 살아가는 힘의 원천(源泉)'이라 했습니다. 지금부터라도 걱정을 두려워하지 마십시오. 그리고 진정한 지식(知識)은 경험(經驗)에서 온다고 하였으니 여러 방면에서 풍부한 경험을 쌓아야 합니다.

🍀 높은 곳에서 애를 낳으면 - 하이에나

| 18

화복자기 禍福自己

💜 **화요일**, 화복자기(禍福自己)란 재앙과 복은 자기 스스로 만든다는 뜻입니다.

⭐ 비난(非難), 비방(誹謗), 험담(險談)을 하면 일순간은 쾌감(快感)을 느끼는 것 같지만, 사실 부정적인 말에는 분노(憤怒)라는 독소(毒素)가 있어서 결국 말하는 사람이 스트레스를 받아 불행해집니다.

🍀 기쁨이란 비밀(秘密)의 문(門)은, 감사(感事)한 마음을 가진 사람에게만 열리고, 희망(希望)이란 비밀의 문은, 오늘을 성실히 사는 사람에게만 열립니다.

수은 水銀

♥ 수요일, 수은(水銀)을 사용하여 천재 음악가(天才 音樂家)모차르트를 암살한 이탈리아 출신의 안토니오 살리에리는 궁중(宮中) 음악가로서 모차르트의 천재적 재능(天才的 才能)을 시기한 나머지 모차르트를 죽였을 것이라는 음모론이 있습니다.

✪ 피 묻은 손 보다 더 나쁜 것은 '비정(非情)한 마음'이고, 전쟁(戰爭)의 폐허(廢墟)보다 더 무서운 광경(光景)은 이미 '황폐(荒廢)해진 인간의 마음' 입니다.

🍀 열 명의 여자를 일치(一致)시키는 것보다, 백 개의 시계 바늘을 맞추는 편이 쉽다고 했습니다. (폴란드 격언)

| 20

목가모 木卡姆

💜 **목요일**, 목가모(木卡姆)란 중국 신장 지역에 사는 위구르족의 전통(傳統) 공연으로 노래와 춤, 음악이 하나로 합쳐진 대형 종합예술(大型綜合藝術)을 말합니다.

⭐ 연애(戀愛)는 성욕(性慾)과 아름다움과 사랑이 하나로 불타게 하는 신비(神祕)로운 힘을 가지고 있습니다.

🍀 하늘에 핀 꽃을 별이라 하고, 우리들 가슴에 핀 꽃을 사랑이라 합니다.

금장옥례 金漿玉醴

♥ **금요일**, 금장옥례(金漿玉醴)란 선약(仙藥) 또는 불로장생(不老長生) 약을 일컫는 말로 허 균 선생은 사람 침을 금장옥례라 하였고, 침을 뱉지 않고 계속 삼키면 사람의 정기(精氣)가 몸속에 보존(保存)되어 얼굴에 광택(光澤)이 나고 동안(童顔)이 된다고 하였습니다.

⊛ **대책 없는 인간은?**
• 안중근 의사가 동네 산부인과 의사(産婦人科 醫師)라고 우기는 인간(人間).
• 빨치산은 북한(北韓)에 있는 산(山) 이름이라고 우기는 인간(人間).

❀ 인도 격언(印度格言)에 의하면
만물을 만든 창조주(創造主)의 두 가지 실수 중, 하나는 금을 만든 것이고,
또 하나는 여자(女子)를 만든 것이다라고 했습니다.
(실수하지 않았더라면 남자들은 외로워서 어쩔 뻔했나~)

| 22

토머스 모어

♥ **토요일**, 토머스 모어(1477~1535)는 『유토피아』를 쓴 영국의 인문주의자(人文主義者)로서 명문가(名文家)이자 논쟁가(論爭家)였습니다.

『유토피아』 책속에 등장하는 주인공 '라파엘 하슬로 데아우스'란 이름은 이상세계(理想世界)혹은 헛소리 하는 사람이란 뜻입니다.

⭐ **다양(多樣)한 거지**

- 옷 다 벗어 놓고 다니는 거지 : 알거지
- 밥 먹은 후 나타나는 거지 : 설거지
- 애인 없는 거지 : 외로운 거지
- 언제나 고개만 끄덕이는 거지 : 그런 거지

🍀 '노여움'은 인격(人格)을 파괴(破壞)시키고 공덕(功德)을 무너뜨리는 자해공갈단(自害恐喝團)입니다.

| 23

일언이폐지 一言以蔽之

♥ **일요일**, 일언이폐지(一言以蔽之)란 말 한마디로 전체의 뜻을 모두 말한다는 것입니다. 논어 「위정편」에 나오는 공자의 말씀입니다.

★ 제가 남자로 태어나지 않았다는 사실이 천만다행입니다.
남자로 태어났다면 여자와 결혼해야 하니까요.
(스타르 부인)

♣ 술이 머리에 들어가면 비밀(秘密)은 입 밖으로 밀려 나옵니다.

| 24

월반지사 越畔之思

♥ **월요일**, 월반지사(越畔之思)란 자기 직무는 완수하고 타인의 직권은 침범하지 않으려는 마음씨를 말합니다.

✪ 돈(머니)
- 도둑이 훔쳐간 돈 : 슬그머니
- 생각만 해도 찡한 돈 : 어머니
- 아저씨가 좋아하는 돈 : 아주머니
- 며느리가 싫어하는 돈 : 시어머니

🍀 사람의 성격(性格)은 그 사람의 운명(運命)의 조정자(調停者)이자 안내자(案內者)이며, 지배자(支配者)입니다.

화여복린 禍興福隣

♥ **화요일**, 화여복린(禍興福隣)이란 화(禍)와 복(福)은 서로 이웃이라는 뜻으로, 화복이 번갈아 닥침을 말합니다.

⭐ 아첨을 잘하는 자는 충성심(忠誠心)이 없고,
바른말을 잘하는 자는 배신(背信)하지 않습니다.

🍀 실패(失敗)는 또 다른 성공(成功)의 시작이라고 믿기 때문에 우리는 절망(絶望)하지 않습니다.

| 26

수월경화 水月鏡花

♥ 수요일, 수월경화(水月鏡花)란 물에 비친 달과 거울에 비친 꽃이라는 뜻으로, 눈으로 볼 수 있으나 잡을 수 없다는 것을 시적(詩的)으로 표현한 것입니다.

★ 험담, 음해, 모함 등의 부정적인 씨앗은 불행(不幸)을 수확하게 하고 칭찬, 격려, 사랑, 감사 등의 긍정적인 씨앗은 행복(幸福)을 수확하게 합니다.

♣ 토라진 얼굴에도 웃음꽃을 피우게 할 수 있는 사람이 이 시대의 진정한 명의(名醫) 입니다.

목적성 目的性

❤ **목요일**, 목적성(目的性)이란 무엇을 이루려고 나아가는 상태(狀態)를 말합니다.

⭐ 화급(火急)하게 결정을 서두르지 마십시오. 하룻밤을 자고나면 좋은 지혜(知慧)가 떠오를 수도 있습니다.

🍀 아무리 잘난 놈이 그대 앞에서 꼴값을 떨어도 기죽지 마십시오.
그대가 바로 우주의 중심(中心)이니까.

금성탕지 金城湯池

♥ 금요일, 금성탕지(金城湯池)란 쇠로 만든 성(城)과 그 둘레에 파놓은 뜨거운 물로 가득한 못이라는 뜻으로, 튼튼하고 견고한 난공불락(難攻不落)의 철옹성을 말합니다.

⭐ 사람은 누구나 마음 속에 잡종개 두 마리를 키우고 있습니다. 그 개 이름은 편견(偏見)과 선입견(先入見)입니다. 이 잡종개 두 마리를 없애기 위해서는 바로 명견인 '백문불여일견'(百聞不如一見)을 키워야 합니다.

🍀 괴로운 상태에서 벗어나기 위해 가장 먼저 해야 할 일은 웃는 일입니다.

토다족 Toda

♥ **토요일**, 토다족(Toda)은 인도의 데칸반도 닐기리 산지와 스리랑카에 거주하는 종족으로서 살빛이 밝고 키가 크며, 일처다부제(一妻多夫制)의 풍속을 가지고 있습니다.

⭐ 자존심(自尊心)의 꽃이 떨어져야만 인격(人格)이란 열매가 맺습니다.

🍀 음식의 가장 좋은 양념은 '공복(空腹)'이고,
마실 것 중 가장 좋은 음료는 '갈증(渴症)'입니다.

| 30

일자천금 一字千金

♥ **일요일**, 일자천금(一字千金)이란 글자 한자에 천금의 가치가 있다는 뜻으로, 아주 빼어난 글자나 시문(詩文)을 비유하는 말입니다.

★ 식(食), 색(色), 성(性)은 자연의 이치(理致)입니다.
음식을 좋아하고, 여자를 좋아하고, 사랑을 갈망하는 것은 인간의 타고난 본성(本性)입니다.

♣ 쾌락(快樂)은 병(病)에 부과되는 부가세(附加稅)이자, 죽음의 심부름꾼 입니다.

월년초 越年草

💙 **월요일**, 월년초(越年草)는 차디찬 눈보라와 함께 겨울을 이겨내야만 비로소 소명(召命)을 다하게 됩니다.
냉이, 꽃다지, 개망초, 큰개불알풀 등이 이에 속합니다.

✪ 마음은 만질 수도 볼 수도 없지만 움직일 수는 있습니다.
움직일 수 있는 비결은 먼저 마음을 주는 것입니다.

🍀 사랑은 마음속으로 간직하는 것이기에 나는 당신을 간직합니다. 사랑은 간직하는 것이지 소유하는 것이 아닙니다.

화재우호리 禍在于好利

💙 **화요일**, 화재우호리(禍在于好利)란 이익을 탐하는 사람은 불행(不幸)을 불러들인다는 뜻입니다.

⭐ 양심 있는 사람이나 없는 사람이나 모두 시커먼 것은?
그림자

🍀 남자들이여!
좋은 결혼은 있어도 행복한 결혼은 좀처럼 없다는 것을 명심하십시오.

八 | 02
수문랑 修文郎

❤ 수요일, 수문랑(修文郎)이란 저승에서 문장(文章)을 관장하는 사람을 말합니다.

✪ 남편(男便)에게 결점(缺點)이 있다면 하나님과 부처님께 감사 기도를 해야 합니다. 결점이 없는 남편은 당신을 감시(監視)하는 위험한 감시자가 될 수 있으니까요.

🍀 KTX 고속전철 문에 목이 낀 여자보다 더 불쌍한 여자는 잊혀진 여자입니다.

八 | 03
목도심초 目挑心招

♥ **목요일**, 목도심초(目挑心招)란 눈으로 집적거리고 마음으로 부른다는 뜻으로, 몸을 파는 여자가 남자를 유혹하는 모양을 말합니다.

⊛ 목에 힘주지 마십시오.
힘주면 목이 굳어집니다.
굳어지면 부러집니다.
부러지면 병원갑니다.
병원가면 돈듭니다.
목에 힘주지 마십시오.
제발~~

🍀 항상 미소(微笑) 짓는 사람에게는 여유(餘裕)와 행복
이 따릅니다.

八 | 04
금화 金貨

♥ 금요일, 금화(金貨)는 경제생활의 안정제(安靜濟)이고, 바른 예절은 사회생활의 안정제입니다.

★ 가장 서운한 시간은 이별(離別)하는 시간이고, 가장 비굴(卑屈)한 시간은 자기변명(辨明)을 늘어놓는 시간입니다.

🍀 일기(日記)가 자신을 향한 내밀한 독백(獨白)이라면, 카톡이나 편지는 상대를 향한 속깊은 고백(告白)입니다. 우리 서로 카톡 혹은 편지 쓰는 습관을 가집시다.

| 05

토르

♥ **토요일**, 토르는 전쟁의 신 오딘과 대지의 여신 포르긴(Fjordgyn) 사이에서 태어난 천둥의 신(神)입니다. 오딘이 〈삼국지〉의 관우 이미지라면, 토르는 장비에 가깝다고 해도 틀린 비유는 아닐 것입니다.

⭐ **사랑해야 할 3사람**
- 현명(賢明)한 사람
- 덕(德) 있는 사람
- 순수(純粹)한 사람

🍀 남자는 사랑했던 사람을 잊기 위해 술을 마시고, 여자는 사랑했던 남자와의 추억(追憶)을 더듬기 위해서 술을 마십니다.

八 | 06
일단화기 一團和氣

❤️ **일요일,** 일단화기(一團和氣)란 여러 사람이 단합하여 화목한 분위기를 이루는 것을 말합니다.

✪ **삶에서 가장 가치 있는 3가지**
- 자신감
- 긍정적 사고
- 사랑

🍀 신(神)이 하루와 하루 사이에 밤이라는 어둠의 커튼을 내린 것은 하루가 한 달이나 일 년보다 더 소중하기에 다음날 모든 것을 새롭게 시작하라는 뜻에서 어둠의 커튼을 만들었습니다.

八 | 07
월시진척 越視秦瘠

♥ **월요일**, 월시진척(越視秦瘠)이란 월(越)나라가 멀리 떨어진 진(秦)나라 땅이 걸거나 메마름에 상관하지 않는다는 뜻으로 남의 일에 전혀 개의치 않는다는 것을 이르는 말입니다.

✪ **성공적인 사람을 만드는 3가지**

1. 근면
2. 진실성
3. 헌신과 신념

🍀 늙는다는 것은 나이보다 마음이 문제입니다.

　그래서 마음이 청춘이면 몸도 청춘

八 | 08
화생어해타 禍生於懈惰

♥ **화요일**, 화생어해타(禍生於懈惰)란 불행은 게으름에서 생긴다는 뜻입니다. 행복하고 싶으면 부지런해야 합니다.

⊛ **여자의 변천사**
- 20대는 화장 빨
- 30대는 포장 빨
- 40대는 변장 빨
- 50대는 미장 빨
- 60대는 성형 빨
- 70대는 가죽 빨

✿ 강은 물이 마르면 바닥이 보이지만, 사람은 죽어도 그 마음을 알 수 없으니. 오 통재라 ~

八 | 09
수유습 水流濕

♥ 수요일, 수유습(水流濕)이란 물은 축축한 곳으로 흐른다는 뜻입니다.

✪ 술잔 잡고 넘어지면 몸이 상하지만,
  책을 잡고 넘어지면 영혼이 맑아집니다.

🍀 독서는 산삼입니다. 산에서 나는 최고의 명약은 산삼이지만,
  우리 가슴에 최고의 약효를 발휘하는 명약은 독서이니까요.

八 | 10
목거사 木居士

♥ **목요일**, 목거사(木居士)란 나무로 만든 우상(偶像)을 말합니다.

✪ 고종황제는 우리나라 최초의 비밀 첩보기관인 제국익문사를 설립한 후 요원 61명을 선발하여 을사늑약은 무효라는 것을 전 세계에 알리려다 친일파인 한창수, 한상학(이완용 사돈), 윤덕영(을사늑약 서류에 옥새를 훔쳐 찍은 놈)에 의해 독살 당하였습니다. 독살 당시 이완용과 이기용은 고종의 마지막 임종을 지켜본 놈들입니다.

🍀 독서는 바로 오르가즘입니다.
책을 읽다가 짜릿한 문장을 만나면 황홀경에 빠지게 됩니다.
그래서 독서는 삶의 기쁨이기도 합니다.

八 | 11
금사매 金絲梅

♥ 금요일, 금사매(金絲梅) 꽃은 꽃술이 금으로 수놓은 매화를 닮았다 하여 붙여진 이름이며, 소만(小滿)과 하지(夏至) 중간인 망종(芒種)에 꽃 피운다 하여 망종화라고도 합니다.
(꽃말은 변치 않은 사랑, 당신을 버리지 않겠어요.)

✪ 아무리 비싼 안경을 쓰고, 비싼 옷을 입어도 제 모습을 보지 못하면 '당달봉사' 즉 '청맹(靑盲)과니'입니다.
(거울을 자주 들여다 보지 말고 마음을 자주 들여다 보십시오.)

🍀 골목길 가로등이 아무리 밝아도 보름달은 시기하거나 질투하지 않습니다.(시기 질투는 소인배의 몫)

八 | 12
토치카

💜 **토요일**, 토치카처럼 지어진 태양의 도시 잉카 제국은 스페인에 의하여 폐허가 되었고, 투픽 아마루 2세 안데스는 포악한 무력통치에 저항하다가 처참하게 죽임을 당했습니다. 그리고 사이먼과 가펑클이 부른 'El condor pasa'는 안데스를 잉카 제국을 상징하는 새 '콘도르'로를 환생(還生)시켜 몰락한 잉카 제국과 잉카인들을 보호한다는 뜻이 담긴 노래입니다.

✪ 늙은 개가 젊은 개의 관상(觀相)을 봐주면서 근심스럽게 던지는 한 마디, "최악의 관상이다. 죽어서 환생하면 인간으로 태어날 거야 ~, 그것도 대한민국 정치인으로"

🍀 돈이 죄(罪)를 부르는 것이 아니라, 돈을 숭배(崇拜)하는 마음이 죄를 불러들입니다.

八 | 13
일장기 日章旗

♥ **일요일,** "일장기(日章旗)를 가슴에 달고 가지만 등에는 한반도를 짊어지고 간다는 것을 잊어서는 안 된다."몽양 여운형이 1936년 제11회 베를린 올림픽 출전 선수들의 환송식에서 한 말입니다. 당시 손기정 선수가 마라톤에서 당당히 금메달을 목에 걸었습니다.

★ 운명(運命)이란 담벼락은 노력(勞力)이라는 사다리로 얼마든지 뛰어넘을 수 있습니다.

♣ 쥐꼬리만한 자존심 지키려다 코끼리만한 재앙(災殃)을 만난다고 했습니다.

八 |14
월명대사 月明大師

♥ **월요일,** 월명대사(月明大師)는 신라의 승려이자 향가 작가입니다. 경덕왕 19년(760년), 하늘에 두 개의 태양(太陽)이 나타나 열흘 동안 없어지지 않자 왕은 월명에게 해결을 요청하였고, 월명이 도솔가(兜率歌)란 향가(鄕歌)를 지어 부르니 해결되었다고 삼국유사에 기록하고 있습니다.

✪ 고민(苦悶)이란 놈은 파리를 닮아 게으른 인간 콧등에 올라 앉아 놀아도 부지런한 사람 옆에는 얼씬도 하지 못합니다.
(고민 해결 특효약은 부지런함)

✿ 맹인(盲人)으로 태어난 것 보다 더 비극적인 삶은 앞을 보면서도 '꿈과 비전 없이 사는 것'입니다.

八 | 15

화순제가지본 和順齊家之本

♥ **화요일,** 화순제가지본(和順齊家之本)이란 화목과 존중은 집안을 다스리는 근본이라는 뜻입니다.

⊛ 사람과 사람 사이를 갈라놓은 것은 벽이고,
사람과 사람 사이를 이어주는 것은 다리입니다.
벽은 탐욕, 미움, 질투, 편견, 선입견으로 인해 두터워지고
다리는 믿음, 겸손, 예의로 인해 튼튼해집니다.

✿ 머리카락 엉킨 것은 보면서, 생각이 엉켜 마음이 삐뚤어진 것은 보지 못하는 인간들이 수두룩하니~.

八 | 16
수덕무자 樹德務滋

♥ 수요일, 수덕무자(樹德務滋)란 덕(德)을 심을 때는 잘 자라도록 힘써야 하고 많이 베풀어야 한다는 뜻입니다. 사기꾼이나 도둑놈들은 기생충 같은 인간들인 만큼 덕을 해치니 박멸(撲滅)해야 합니다.

✪ 나뭇잎은 벌레가 갉아먹고
사람의 마음은 사람이 갉아 먹습니다.

✿ 신(神)이 우리 인간에게 준 가장 아름다운 선물(膳物)은 웃음입니다. 오늘도 환한 웃음 넘치는 하루되시길.

목적시 目的詩

♥ **목요일,** 목적시(目的詩)란 어떠한 정치적 사상적 목적을 위해 물리적 (物理的) 입장에서 쓴 시(詩)를 말합니다.

✪ 1950년대 말 서울에 있던 요정은 청운각, 삼청각, 대원각이었습니다. 1965년 한일회담(韓日會談)은 청운각에서, 1972년 남북 적십자회담(赤 十字會談)은 성북동 삼청각에서 이루어졌으며, 대원각은 현재 길상사(吉 祥寺) 사찰로 변모하였습니다. 1970년대 초반 서울 광화문 이명살롱과 후암동 민의 집이 룸살롱 1세대입니다. 1986년 8월 4일 오후 10시 30분 역삼동 서진 룸살롱에서 조직 폭력배 맘보파와 서울 목포파가 격돌하여 맘보파 4명이 처참하게 살해(殺害)당한 사실도 있습니다.

🍀 혼자 있을 때는 자기 마음의 흐름을 살피고, 여럿이 있을 때는 자기 말의 흐름을 살펴야 합니다.

八 | 18
금고아 緊箍兒

♥ 금요일, 금고아(緊箍兒)는 삼장법사(三藏法師)가 손오공(孫悟空)을 길들이기 위해 손오공 머리에 맨 머리띠를 말합니다.

⭐ 세상에서 다른 것은 다 믿어도 두 가지는 믿을 수 없는 것이 있습니다. 하나는 채무자 지갑이고, 다른 하나는 여자 치마끈과 남자 바지 지퍼입니다.

🍀 사랑하는 여자의 육체(肉體)를 가지고 싶어 하는 것이 죄(罪)가 아니라, 사랑하는 여자의 육체를 외면하는 남자야 말로 천하에 둘도 없는 죄인(罪人)입니다.

八 | 19
토탈 21 번째

♥ **토요일**, 토탈 21번째로 메이저리그에서 퍼펙트 게임이 이루어지려는 찰라, 1루심 짐 조이스가 아웃을 세이프로 선언하는 순간에 세기적 기록(世紀的 記錄)이 사라지고 말았습니다. 그날이 바로 2010년 6월3일입니다. 디토로이트와 클리블랜드 전에서 디토로이트 투수 갈라라가는 9회 투아웃까지 단 한 타자도 1루에 내보내지 않았지만, 오심(誤審)에 의해 역사적 기록은 사라졌고 이로 인해 '비디오 판독'이 생겨나게 되었습니다.

⭐ 과언무환(寡言無患)이란 말이 적으면 근심이 없다는 뜻입니다.

♣ 말로 남에게 베푸는 것은 비단옷을 입는 것보다 더 따뜻하다고 했으니 좋은 말을 생활화(生活化) 합시다.

| 20

일제수난기 日帝受難期

♥ **일요일**, 일제수난기(日帝受難期) 때의 대표적인 독립 운동가 석주 이상룡(임청각 주인)은 안동 제일의 갑부로서 전 재산을 독립운동 자금으로 헌납하였지만 그 후손들은 고아원에서 자랐습니다. 이 얼마나 슬픈 사연입니까. 만주로 떠날 당시 '내 자식들은 왜놈의 종이 되게 할 수 없다'라고 울부짖었고, 이에 놀란 왜(倭)놈들은 이상룡 선생이 두려운 나머지 그 집안의 정기(精氣)를 끊기 위해서 선생의 생가99칸 임청각(臨淸閣) 한 가운데로 철길을 놓아 절반으로 쪼개버리는 만행을 저질렀습니다.

✪ 내 손에 손톱 자라는 것은 보면서, 내 마음에 욕심(慾心) 자라는 것은 보지 못하는 것이 인간들입니다.

♣ 즐거운 상대는 '훌륭한 밥'이고, 부담되지 않는 화제는 '좋은 반찬'입니다.

월령가 月令歌

♥ **월요일**, 월령가(月令歌)는 한 해 동안 기후 변화, 의식, 농가 행사 등을 달(月)의 순서에 따라 읊은 노래를 말합니다.

⭐ 당신은 어느 대학에 다니십니까?

- 해병대 : 해피하게 평생 병(病) 안 걸리면서 살고 싶어하는 분들의 대학(가장 뜨는 대학)
- 서울대 : 서럽고 울적할 때 공원에 나가시는 분들의 대학
- 동경대 : 동네 경로당 나가시는 분들의 대학
- 전국대 : 전철과 국철로 시간 보내는 분들의 대학
- 연세대 : 연금으로 세상 구경하면서 노년을 보내는 분들의 대학
- 서강대 : 서로 위로하면서 강하게 살아가는 분들의 대학
- 건국대 : 건강하면서 국민연금으로 살아가는 분들의 대학
- 부경대 : 부부가 동네 경로당에 다니는 대학
- 울산대 : 울 엄마가 보고 싶을 때 산을 찾는 분들의 대학

🍀 지금 후회(後悔)하고 있는 시간은 과거지만, 미래(未來)에 후회할 시간은 지금입니다.

八 | 22

화복지전 禍福之轉

♥ **화요일**, 화복지전(禍福之轉)이란 화(禍)와 복(福)이 뒤바뀌는 일을 말합니다.

✪ 사람 손가락이 10개인 이유를 아시나요?

태아가 어머니 뱃속에서 10달 동안 은혜(恩惠)를 입은 것을 잊지 않으려는 노력 덕분에 손가락이 10개가 되었답니다.

(효도가 곧 천심 ·)

🍀 부끄러운 과거는 없습니다. 부끄러운 미래(未來)만 존재(存在)할 뿐입니다. 후회하는 과거보다는 아름다운 반성으로 행복한 삶을 삽시다.

八 | 23
수두색이 垂頭塞耳

♥ 수요일, 수두색이(垂頭塞耳)란 머리를 숙이고 귀를 막는다는 뜻으로, 아첨하는 것에 대한 비난의 소리에 전혀 신경 쓰지 않는 것을 말합니다.

⭐ 영국 여배우 조앤 코린스는 자신이 70살인데도 40대처럼 보이는 비결은 섹스라고 말해 화제를 불러일으켰습니다. 젊어지고 싶으면 사랑하는 사람과 열심히 성관계(性關係)를 하십시오.

🍀 지는 꽃은 다시 피지만, 꺾인 꽃은 다시 피어나지 않습니다. 그래서 꽃은 꺾는 것이 아니라 바라보아야 합니다.

八 | 24
목락 木落

♥ **목요일**, 목락(木落)이란 나뭇잎 떨어지는 가을을 말합니다.

⊛ 대책 없는 인간
- 광우병은 맥주병보다 작고, 소주병보다 크다고 우기는 인간
- 아롱사태를 제2의 IMF사태라고 우기는 인간.

♣ 돈은 혼자 오지 않고 항상 어두운 그림자를 데리고 온다고 했으니, 돈을 너무 밝히지 마십시오.

八

금서사십년처사 琴書四十年處詞

💙 금서사십년처사(琴書四十年處詞)란 사십 년 긴긴 세월을 글과 노래로 보냈다는 것입니다.

⭐ 남자에게 따귀를 맞더라도 명품 시계 찬 놈한테 맞고 싶은 것이 여자의 심정이라 하니. (헐~)

🍀 인간은 예술(藝術)이 있기 때문에 위대(偉大)하고, 사랑이 있기 때문에 거룩한 존재(存在)입니다.

八 | 26
토수 土手

♥ **토요일**, 토수(土手)란 건축 미장쟁이를 말합니다.

⭐ 밤이 항상 어두운 것은, 실패와 좌절을 묻어 버리고 새로운 아침을 맞이하라는 의미입니다.

🍀 말 한 마디로 천 냥 빚을 갚고, 글 한 줄로 천생연분(天生緣分)을 만든다 하였으니 연정(戀情)의 문자를 자주 날립시다.

일월욕명부운폐지 日月欲明浮雲蔽之

♥ **일요일**, 일월욕명부운폐지(日月欲明浮雲蔽之)란 해와 달이 밝게 빛나려고 하나 구름이 가리어 어둡게 된다는 뜻으로, 간신배들 때문에 인자(仁慈)한 임금의 덕(德)이 가려지는 것을 말합니다.

★ 다반사(茶飯事)란 말의 유래는, 고려시대 때 차(茶)를 밥 먹는 듯이 한다고 하여 생긴 말입니다.

♣ 내 낯짝에 주름살 생기는 것은 괜찮으니, 제발 구겨진 세상의 주름살이나 좀 펴주십시오. 신이시여!

八 | 28
월석 月夕

♥ **월요일**, 월석(月夕)은 달 밝은 밤이란 뜻입니다. 달 밝은 밤에 고려 충신 72명은 지조(志操)를 지키기 위해서 이씨 조선에 항복하지 않고 두문동(杜門洞)으로 은신하자 이에 격분한 태조 이성계는 두문동에 은신한 고려 충신 72명을 모두 불살라 죽였습니다. 이로 인해 두문불출(杜門不出)이란 말이 생겨났습니다.

⊛ 개성상인((開城商人)이 유명하게 된 것은, 태조 이성계가 개성 유생들에게 향후 100년 동안 과거를 금지하자, 유생들은 생계를 위해 장사를 선택하였고, 그 결과 전설적인 개성상인(開城商人)이 탄생하게 되었습니다.

🍀 위대한 발견(發見)은 새로운 것을 찾는 것이 아니라, 새로운 눈으로 세상을 바라보는 것입니다.

八 | 29
화조사 花鳥使

♥ **화요일**, 화조사(花鳥使)란 당나라 현종이 전국의 미인을 궁중으로
모으기 위해 지방에 파견한 벼슬 이름이며, 조선 시대 때 연산군이
설치한 채홍사(採紅使) 역시 같은 역할을 하였습니다.

⭐ **명태의 별칭**

얼리지 않은 것을 생태, 얼린 것을 동태, 말린 것을 명태, 말리거나
얼리더라도 빨리 말려 근육 사이가 딱딱한 것을 북어, 고산지대에서
숙성시킨 것을 황태, 1년 정도 자란 아기태 말린 것을 노가리라고
합니다.

🍀 남자는 웃기는 여자 보다는 웃어 주는 여자를 더 좋아합니다.

八 |30
수원수구 誰怨誰咎

♥ 수요일, 수원수구(誰怨誰咎)란 누구를 원망하거나 누구를 탓하지 않는 다는 뜻입니다.

⍟ 여자하고 이야기할 때는 진실(眞實)은 죽었다고 생각하고 이야기해야 합니다.
안 예뻐도 참 예쁘다.
매력이 없어도 매력 있다.
(하얀 백색 거짓말이 최고..)

♣ 매일 매일 아침이 밝아 오는 건 새로운 기회와 기쁨을 누리라는 뜻입니다.

八 | 31
목송 目送

❤ **목요일**, 목송(目送)이란 사람이 멀리 갈 때까지 말없이 바라보면서 전송(傳送)하는 것을 말합니다.

★ 사랑할 줄 아는 사람은 바보를 천재로 만들고, 고장난 세상도 고칠 수 있는 기술자입니다. (평강 공주와 바보 온달을 생각해 보시길...)

♣ 옆에 미인(美人)이 앉으면 바보도 좋아하고, 옆에 노인(老人)이 앉으면 군자(君子)도 싫어합니다.

九 | 01
금석지전 金石之典

♥ 금요일, 금석지전(金石之典)이란 쇠나 돌처럼 굳고 변함없는 훌륭한 법전(法典)이 집에 가득 하다는 뜻으로, 어진 신하(臣下)가 조정(朝廷)에 많이 모여 있음을 비유한 말입니다.

⭐ 삶이란?
행복(幸福)과 불행(不幸), 기쁨과 슬픔, 성공과 실패의 연속 드라마가 우리네 삶입니다.

🍀 왜 이유 없이 웃을 수 있냐고요?
바로 당신을 사랑하는 것이 이유입니다.

| 02

토파 吐破

♥ **토요일,** 토파(吐破)란 마음에 품고 있던 말을 거리낌없이 한다는
뜻입니다.
당신이 진실로 성공하고 싶다면 어중간, 대충, 대강, 건성, 어설픔,
수박 겉핥기 친구들과 절대 친하게 지내지 마십시오.

★ 이성계가 무학대사를 보고 돼지처럼 보인다고 하자 무학대사(본명은
박자초)는 이성계에게 시안견유시, 불안견유불(豕眼見惟豕佛眼見惟佛),
'돼지 눈에는 돼지만 보이고, 부처 눈에는 부처만 보인다'고 하였습니
다.

🍀 인정(人情)도 품앗이입니다.
내가 남을 생각해야 남도 나를 생각하니까요.

九 |03
일로매진 一路邁進

♥ **일요일**, 일로매진(一路邁進)이란 한길로 곧장 거침없이 나가는 것을 말합니다.

⊛ 세계에서 가장 많이 불러지고 있는 생일축하 노래 '해피버스 데이 투유 Happy Birthday to You'는 1936년 미국 켄터키 주에 사는 밀더레드 힐과 그의 여동생 페티 스미스 힐이 작곡한 것으로 아직도 로얄티를 받고 있는 노래입니다.

🍀 사랑과 미움은 사람의 마음 밭에서 공생하는 마음의 꽃입니다. 그래서 사랑하는 마음이 있으면 미워하는 마음도 있기 마련입니다.

九 | 04
월성일 月星日

💜 **월요일**, 월성일(月星日)이란 해와 달과 별 세 가지를 가리키는 말입니다.

⭐ 재앙(災殃)이 두려우면
선(善)함을 가지고 이용하지 말고
믿음(信)을 가지고 놀리지 말고
감정(感情)을 가지고 속이지 말고
진심(眞心)을 가지고 농담하지 마시길.

🍀 술이 아무리 독해도 먹지 않으면 취하지 않는다는 말이 있듯이, 행동하지 않으면 이룰 수 없습니다. (행동 → 성공)

九 | 05

화복동문 禍福同門

💙 **화요일**, 화복동문(禍福同門)이란 화와 복은 모두 자신이 불러들인다는 뜻입니다.

⭐ 유년기(幼年期)에는 : 우주정복을 꿈꾸고
청년기(靑年期)에는 : 세계정복을 꿈꾸며
장년기(壯年期)에는 : 마누라 정복도 벅찬 우리 대한민국 사내들이여,
무엇을 정복하리. 오히려 송두리째 정복당하지나 말고 살 수 있다면
천만다행~.

🍀 속담(俗談) 한마디
오래 살다보면 시어머니 죽을 날 온다.
(서두르지 말고 때를 기다리십시오.)

九 | 06
수신자선정기심 修信者先正其心

♥ 수요일, 수신자선정기심(修信者先正其心)이란 수양하려는 사람은 먼저 자신의 마음을 바르게 해야 한다는 뜻입니다.

★ 성욕(性慾)은 외로움과 정비례합니다. 외로우면 외로울수록 남자는 여자를, 여자는 남자를 찾으니까요. 그리고 고독(孤獨)이든 고통(苦痛)이든 극에 달하면 인간은 성욕조차 느낄 수 없을 정도로 무기력(無氣力)해집니다.

♣ 예술(藝術)의 역사(歷史)는 부활(復活)의 역사입니다.

九 | 07
목강 木强

♥ **목요일**, 목강(木强)이란 사람의 성격(性格)을 나타내는 말로 억지나 고집이 세다는 뜻입니다.

✪ **속담 한마디**

남자의 하루 화근(禍根)은 해장술이 만들고, 남자의 평생(平生) 화근은 악처(惡妻)가 만듭니다.

현명한 부인은 하늘이 내린 최고의 선물.

🍀 외로움은 누군가가 채워줄 수 있지만, 그리움은 그 사람이 아니면 채울 수 없습니다.

| 08

금수지장 錦繡之腸

♥ 금요일, 금수지장(錦繡之腸)이란 비단결 같이 곱고 아름다운 마음을
가진 사람을 말합니다.

우리는 좋은 사람으로 만나 착한 사람으로 헤어져 그리운 사람으로
남아야 합니다.

★ 이순신 장군이 왜놈을 박살내고 승리로 이끈 명량대첩(鳴梁大捷)의
명량(鳴梁)은 순 우리말로 '울돌목'이며, 울돌목(세월호 사건이 일어
난 바다)은 '울부짖는 바다'라는 뜻입니다. 좁은 바다 길을 '명량'이라
합니다.

🍀 얼굴이 먼저 떠오르면 보고 싶은 사람이고,
이름이 먼저 떠오르면 잊을 수 없는 사람이며,
눈을 감아도 생각나는 사람은 그리운 사람입니다.

九 | 09
토화 土花

💜 **토요일**, 토화(土花)란 습기(濕氣)로 인(因)하여 생기는 곰팡이를 말합니다.

✪ 가끔씩 우리 주위에 남 잘되는 꼴을 못 보는 사람이 있습니다.
이런 사람치고 고매(高邁)한 인품(人品)의 소유자는 없답니다.
이러한 열등(劣等)은, 시기(猜忌)라는 이름의 구더기를 키우고 시기라는 이름의 구더기는 흔히 질투(嫉妬)라는 이름의 똥파리가 되어 남의 밥상이나 탐하고 다닙니다.

🍀 달포는 굶고 살아도 님 없이는 하루도 못 산다는 속담이 있듯이, 올 가을에는 부디 사랑하며 사소서.

| 10

일념화생 一念化生

♥ **일요일**, 일념화생(一念化生)이란 생각에 따라 잡귀도 되고 부처도 된다는 뜻입니다.

⭐ 여자들은 가슴을 키우려고 애쓰지 마시고, 마음을 키우는 것이 훨씬 매력적(魅力的)입니다. 남자들은 성공하고 싶으면 거시기 짧은 것을 고민하지 말고, 생각 짧은 것을 고민해야 합니다.

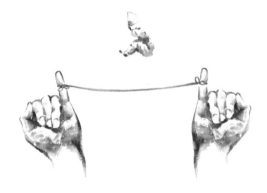

🍀 타잔이 앞으로 전진(前進)하려면 지금 잡고 있는 줄을 놓아야 하듯이, 우리가 더 나은 삶을 위해서는 지금까지 당연한 관습처럼 생각해 왔던 많은 것들을 과감히 버려야합니다.

九 | 11
월영교 月映橋

💜 **월요일**, 월영교(月映橋)는 안동시 안동댐에 설치되어 있는 다리로 조선 시대 이영태 부부의 아름답고 숭고한 사랑과 영혼을 오래도록 기념하기 위해 만든 다리입니다.

⭐ 신선한 바람이 공기 중의 연기(煙氣)를 말끔히 걷어 가듯이, 감사(感謝) 하는 마음이 절망(絶望)의 구름을 순식간에 없애버립니다.

🍀 만나는 모든 사람에게 무언가를 배울 수 있는 사람이 이 세상에서 가장 현명(賢明) 한 사람입니다.

화풍병 和風病

♥ **화요일**, 화풍병(和風病)은 남녀간에 서로 그리워하는 병입니다.

⭐ 외로움이 없으면 살아도 산 사람이 아닙니다. 외로움이 애절한 그리움
과 사랑을 낳았고, 사람의 소중함을 알게 하였습니다. 그리고 모든
아름다운 예술은 외로움에 의해 탄생되었습니다.

🍀 땅이 메마르면 물이 고이지 않듯이, 가슴이 메마르면 사랑이 고이지 않습니다.
그리고 낭만(浪漫)이 없는 사람의 가슴에는 사랑이 싹트지 않습니다.

九 | 13
수화지재 隋和之材

❤ 수요일, 수화지재(隋和之材)란 천하의 귀중한 보배라는 뜻으로, 뛰어난 인재를 말합니다.

✪ 낙락장송(落落長松)도 근본(根本)은 아주 작은 씨앗이었고, 아무리 훌륭한 사람도 처음엔 평범한 사람이었습니다. 그리고 누구에게나 열등감은 기생하고 있습니다. 만약 열등감을 붙잡고 있으면 급기야 우리는 우울의 늪 밑바닥에 생매장 당합니다.

✿ 19세기 러시아 시인 니콜라이 네크라소프의 시(詩)
슬픔도 노여움도 없이 살아가는 자는 조국을 사랑하고 있지 않다.
(수많은 청춘들의 피를 끓게 한 시(詩)였습니다.)

九 | 14
목소 目笑

♥ **목요일**, 목소(目笑)란 소리 없이 눈으로만 가만히 웃는 웃음을 말합니다.

✪ 우리가 태어나 꿈과 희망을 키우며 유년시절을 함께 했던 추억(追憶)의 장소(場所)를 버리는(떠나는) 순간 우리는 그곳을 '고향(故鄕)'이라 부릅니다.

🍀 사랑이란 오래 해야 하는 것이 아니라, 길게 해야 하는 것.
오래하는 것은 언젠가 끝이 있지만 길게라는 것은 끝이 없으니까요.

금시벽해 金翅擘海

♥ 금요일, 금시벽해(金翅擘海)란 금빛 날개가 바다를 가른다는 뜻으로, 아름다운 문장(文章)을 말합니다.

⭐ 식음(食飲)은 한 달 정도 전폐(全廢)하면 생명이 끊어질 위기에 처하고, 사랑은 사흘만 전폐해도 영혼이 소멸할 위기에 처합니다. 목숨이 끊어지면 지구에서 존재가치가 상실(喪失)되지만, 영혼이 끊어지면 우주에서 존재가치가 상실됩니다.

🍀 사랑하는 연인들에게는 우주전체(宇宙全體)가 조국(祖國)입니다.

九 | 16
토민 土民

♥ **토요일**, 토민(土民)이란 한 곳에서 대를 이어 사는 토박이 백성을 말합니다.

☆ 고(故) 박정희 전(前)대통령께서 박근혜 전 대통령의 이름을 지을 때 무궁화 근(槿)자에 은혜 혜(惠)자를 써서 근혜(槿惠)라고 지은 것은 '나라 꽃 무궁화처럼 피어나 많은 사람들에게 은혜를 베풀며 살아라' 는 뜻이었는데...

♣ 주량(酒量)을 자랑하는 사람은 많아도 독서량(讀書量)을 자랑하는 사람은 많지 않습니다.

九 | 17
일지 逸志

❤️ **일요일**, 일지(逸志)란 훌륭하고 높은 지조를 말합니다.

✪ 거리에는 일방통행(一方通行)이 있지만, 사람의 감정에는 일방통행이 없습니다.

내가 좋아해야 당신도 나를 좋아하고, 내가 미워하면 당신도 나를 미워합니다.

그가 슬프면 내 마음에도 슬픔이 번지고, 그가 웃으면 내 마음에도 기쁨이 퍼집니다.

서로 서로 기대고 산다는 것, 그것이 바로 인연(因緣)입니다.

🍀 가장 해로운 사람은 무조건 칭찬만 하는 사람이고, 가장 불쌍한 사람은 만족을 모르고 욕심만 부리는 사람입니다.

월출 月出

💗 **월요일**, 월출(月出)이란 달이 지평선 위로 떠오르는 것을 말합니다.

⭐ 인디언들은 구슬 목걸이를 만들 때 '깨진 구슬 하나'를 꿰어 넣습니다. 이것을 '영혼(靈魂)의 구슬'이라 하며, 이란 국가에서는 아름다운 문양의 카펫을 짤 때 의도적으로 '흠집'을 하나 남깁니다. 이것을 '페르시아 흠(欠)'이라고 부릅니다.

완벽한 사람보단 어딘가 부족한 듯 빈틈이 있는 사람에게 매력을 느낀다는 뜻이지요.

🍀 향기(香氣) 나지 않는 과일은 벌레도 먹지 않는다고 했습니다. 그리고 머리와 입으로 하는 사랑은 향기가 없습니다.

사랑은 오직 가슴으로 할 때 향기가 납니다.

九 | 19

화종구출 禍從口出

♥ **화요일**, 화종구출(禍從口出)이란 화는 입에서 나오는 것이니 말을 삼가하라는 뜻입니다.

✦ 우리나라 속담(俗談)에 '세 사람만 우겨대면 없던 호랑이도 만든다'는 말이 있습니다. 한 사람을 죽이고 살리는 것이 바로 당신의 세 치 혀끝에 달려있을 수 있습니다. 혀끝은 사람을 죽이는 살상무기(殺傷武器)인 동시에 사람에게 희망과 용기를 주는 육성무기(育成武器)이기도 합니다.

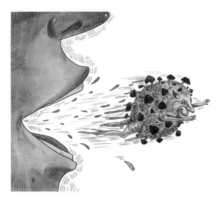

♣ 얼굴만 보고 여자를 선택한다는 것은 '포장(包裝)만 보고 물건(物件)을 사는 것'과 다를 바 없습니다. 소중한 것은 마음인데.

| 20

수수대

♥ 수요일, '수수대도 아래 위가 있다'는 우리 속담이 있습니다. 예의(禮儀)를 지키라는 뜻입니다. 짐승은 '예의'를 모릅니다. 예의 없는 인간은 개나 소, 돼지나 다를 바 없습니다.
(예의는 그 사람을 빛나게 합니다.)

⭐ **황당(荒唐)과 당황의 차이**
- 똥 싸려는데 방귀 뀌는 것 - 황당
- 방귀 뀌려는데 똥 싸는 것 - 당황

🍀 '돈' 한 뭉치는 당장 몇 백명의 사람을 움직일 수 있지만 '좋은 글' 한 줄은 몇 백만 명의 영혼(靈魂)을 움직일 수 있습니다.

九 | 21
목수가 많은 집안

♥ 목요일, '목수(木手)가 많은 집안의 집은 옆으로 기운다'는 뜻은, 참견하는 사람이 많으면 많을수록 일이 잘 되지 않는다는 것입니다.

✪ 남자는 여자의 생일(生日)은 기억하되 나이는 기억하지 말고, 여자는 남자의 용기(勇氣)는 기억하되 실수(失手)는 기억하지 않아야 행복한 삶을 이룰 수 있습니다.

🍀 썩은 고기에 벌레 난다는 말이 있습니다. 어디 고기뿐이겠습니까. 세상도 썩으면 벌레가 득실거리지요.
(인간 벌레 잡는 데는 양심의 에프킬라가 적격인데~)

九 | 22
금시작비 今是昨非

♥ 금요일, 금시작비(今是昨非)란 오늘은 옳고 어제는 잘못 되었다는
뜻으로 과거의 잘못을 깨달은 것을 말합니다.

✪ kiss를 다른 이름으로
- 영국 : 비너스의 술
- 루마니아 : 젊음의 꿀 술
- 독일 : 생명의 술

(kiss야 말로 사랑의 약속어음이니 술 맛에 비유 되는 것은 너무도
당연~.)

🍀 인간이 아름다운 이유는 기계처럼 실수(失手)를 반복하지 않는 것이 아니라, 실패
(失敗)를 딛고 일어서기 때문입니다.

九 | 23
토끼와 거북이

💙 **토요일**, 토끼와 거북이가 달리기를 했을 때 거북이가 잠자는 토끼를 깨워 같이 달렸으면 진정한 승리자(勝利者)라 할 수 있었을 텐데...

⭐ 나이 들면 몸이 명함(名衡)입니다.
내가 가진 건강, 활력, 매력 이런 것들이 바로 재산입니다.
지금부터라도 열심히 갈고 닦아서 멋진 명함을 만들어야 합니다.

🍀 사람은 누구나 사랑할 책임(責任)은 있지만, 미워할 권리(權利)는 없습니다.
아무리 미워도 눈총 쏘지 마십시오. 눈총도 총입니다.

일요일 日曜日

♥ **일요일**, 일요일(日曜日) 다음에 무슨 요일이냐고 개한테 물어보니, 월~ 월~ 월~ 월요일이라고 대답하고 있습니다. 그 징글징글한 월요일은 개조차 알고 있네요.

⭐ 사람들은 가끔 진실을 알지도 못하면서 단지 눈에 보이는 것만으로 남을 비난하기도 합니다. 사실(事實)과 진실(眞實)이 항상 같은 것은 아닙니다. 그리고 남에게 속는 것보다 더 힘들고 무서운 것은 자신의 무지(無知)에 속는 것입니다.

🍀 '덕분(德分)'에 라는 말속엔 사랑과 감사가 담겨 있습니다.
오늘도 당신 덕분에 ~

九 | 25

얼로 月老

♥ **월요일**, 월로(月老)란 부부의 인연을 맺어준다는 전설 속의 노인을
말합니다.

⊛ 챔피언은 결코 체육관에서 만들어지는 것이 아니라, 자신의 가슴 속에
들어있는 꿈, 희망, 열정에 의하여 만들어집니다.

♣ 누군가와 사랑을 하고 싶을 때 가장 빠르고 좋은 방법은?
나를 그냥 그 사람에게 던지십시오. 그리고 누구와 빨리 친해지고 싶다면 먼저
마음을 주십시오.

九 | 26

화복소의 禍福所依

♥ **화요일**, 화복소의(禍福所依)란 화(禍)와 복(福)은 서로 의지(依支)한 다는 뜻입니다.

⭐ **사랑과 술, 첫 번째 이야기**
- 사랑과 술은 잘하면 모두 명약(名藥), 못하면 독약(毒藥)이 됩니다.
- 술을 마시면 육체를 잠재우는 마약이 되고 사랑을 마시면 영혼까지 아름답게 하는 명약이 됩니다.
- 술에 취하면 간이 배 밖으로 나오지만, 사랑에 취하면 오장육부가 이불 속으로 숨습니다.

🍀 실패(失敗)도 능력입니다. 실패해 봐야 실패하지 않을 방법을 알 수 있고, 성공하는 방법도 알게 되니까요.
(성공하고 싶으면 이제부터 질리도록 실패해 보십시오.)

九 | 27

수무분전 手無分錢

♥ ~~수요일~~, 수무분전(手無分錢)이란 수중에 가진 돈이 한 푼도 없다는 뜻입니다.

⭐ 사랑과 술, 두 번째 이야기

- 술은 여러 명 불러 모으기를 좋아하지만, 사랑은 단 한 사람을 원합니다.
- 술은 미움도 고마움으로 만들려고 노력하지만 사랑은 한번 미워지면 다시는 보기 싫어합니다.
- 술은 여러 사람에게 나누어 줄 수 있지만 사랑은 단 한 사람밖에 줄 수 없습니다. (나누어 주면 칼부림 납니다.)

🍀 코스모스는 창조주가 만든 첫 번째 꽃으로, 우주를 의미하며, 우주 어느 곳에서도 잘 자란다 하여 꽃 이름을 코스모스라 지었습니다.

九 | 28
목족 睦族

♥ **목요일**, 목족(睦族)이란 동족 또는 친족끼리 화목(和睦)하게 지내는 것을 말합니다.

⭐ **사랑과 술, 세 번째 이야기**
- 술에 취해 넘어진 상처는 약으로 치유가 되지만 사랑에 취해 넘어진 상처는 평생 치유가 불가능합니다.
- 술을 마시면 힘과 용기가 생기지만, 사랑을 마시면 힘과 용기가 빠집니다.

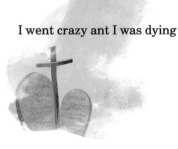

I went crazy ant I was dying

🍀 돈키호테(Don Quixote) 묘비명
'미쳐서 살다가 정신 차려 죽었다.'

九 | 29
금잔화 金盞花

♥ 금요일, 금잔화(金盞花)는 금(金)빛 술잔을 닮았다 하여 금잔화라 하였고 꽃말은 겸손, 인내, 비탄, 비애, 이별의 슬픔입니다.

✪ 사랑과 술, 네 번째 이야기
- 술은 나누고 베풀고 이해심이 많지만 사랑은 혼자만 만나고 싶어하는 이기주의자입니다.
- 술에 놀아나면 어른도 아이도 못 알아보지만 사랑에 놀아나면 물불을 분간(分揀)하지 못합니다.
- 술을 지나치게 많이 마시면 속이 쓰리고 사랑이 지나치면 가슴이 아립니다.

🍀 미래(未來)를 위해 저축(貯蓄)하는 사람은 행복의 주주가 되지만, 당장 쓰기에 바쁜 사람은 불행의 주인공이 됩니다.

토사연맥 免絲燕麥

♥ **토요일**, 토사연맥(免絲燕麥)이란 이름만 그럴 듯하고 실속이 없는 것을 말합니다.

⭐ **사랑과 술, 다섯 번째 이야기**
- 술은 차가울수록 제맛이 나지만, 사랑은 뜨거울수록 짜릿하고 감미롭습니다.
- 술은 적당히 마시면 가정에 대화(對話)와 소통(疏通)을 만들지만 사랑은 아름다울수록 시인이 됩니다.
- 술에 취하면 하루 만에 깨어나지만 사랑에 취하면 평생 깨어나지 못합니다.

🍀 풍부한 지식(知識)을 가졌다 하더라도, 실천하지 않으면 그것은 죽은 지식입니다.

| 01

일정불역 一定不易

♥ **일요일,** 일정불역(一定不易)란 한번 정하면 마음을 바꾸지 않는 것을 말합니다.

⊛ **사랑과 술, 여섯 번째 이야기**
- 술은 주거니 받거니 하면서 허물을 깨지만, 사랑은 주어도 받아도 그리움만 쌓입니다.
- 입을 설레게 하는 건 술이요, 가슴을 설레게 하는 건 사랑입니다.
- 몸으로 마시는 건 술이요, 가슴으로 마시는 건 사랑입니다.

❀ 허준 선생 한마디

'취중(醉中)에 정욕(情慾)을 참지 못하고 성관계를 하는 것은 정력(精力)을 고갈시키고 생명력을 소모시킨다'고 하였으니, 취중 사랑은 금물입니다.

| 02

월백 月魄

💙 **월요일**, 월백(月魄)이란 달의 또 다른 이름입니다.

⭐ **사랑과 술, 일곱 번째 이야기**
- 비울 수 있는 건 술이요, 채울 수 있는 건 사랑입니다.
- 머리를 아프게 하는 건 술이요, 마음을 아프게 하는 건 사랑입니다.
- 버리는 건 술이요, 간직하는 건 사랑입니다.
- 아무에게나 줄 수 있는 건 술이요, 단 한 사람에게만 줄 수 있는 건 사랑입니다.

🍀 희망, 행복, 사랑은 모두 임자가 따로 있는 것이 아니라, 가슴에 품는 순간 바로 당신이 임자입니다.

| 03

화류통풍 花柳通風

♥ **화요일**, 화류통풍(花柳通風)이란 꽃과 버드나무와 봄바람이란 뜻으로 화창한 봄날을 말합니다.

⭐ **사랑과 술, 여덟 번째 이야기**
- 태양은 꽃을 물들이고, 술은 인생을 물들입니다.
- 술이 없는 인생은 절름발이요. 사랑 없는 삶은 장애인이라 했습니다.
- 술과 사랑이 함께하는 세상이 바로 지상낙원입니다.

🍀 진정한 천재(天才)는 열정(熱情)과 정성(精誠)이 포함되어야 만들어지는 것이며, 열정과 정성이 포함되지 않는 것은 재주꾼에 불과합니다.

| 04

수적역알수 受糴亦謁守

♥ 수요일, 수적역알수(受糴亦謁守)란 한 번의 일에 두 가지 좋은 결과를 얻을 수 있다는 뜻입니다.

⭐ 사랑과 술, 아홉 번째 이야기

- 술을 간절히 사랑했던 소동파(북 송 때 인물, 1037년 1월 8일생)는 중국 사천성 메이산 근교에서 태 어났으며, 그가 쓴 「동정춘색(洞庭 春色)」에 이르기를 술은 소수추(掃愁帚; 근심을 쓸어내는 빗자루)라고 하였습니다.

- 또, 대표적인 음주(飮酒) 시인 도연명(陶淵明)은 중국 북송 때 인물로 서 본인이 쓴 음주 칠시에 의하면 술은 망우물(忘憂物), 근심을 잊게 하는 물질이라고 하였으며

- 백낙천(白樂天 당나라 때 인물)은 술을 소수약(掃愁藥) 근심을 없애는 약이라 하였습니다.

  인생 강의실은 술집이고 고전학 강의실은 막걸리 집, 서양학 강의실 은 양주집이라 했던가~.

🍀 우리의 젊음을 설레게 하였던 아름다운 술 3종 세트는 입술, 예술, 깡술.

| 05

목서화 木犀花

💙 **목요일**, 목서화(木犀花)는 금목서(金木犀)와 은목서(銀木犀)가 있으며 향기를 가득 안고 가을에 피어나는 꽃입니다.

⭐ **사랑과 술, 열 번째 이야기**

술은 액체(液體)의 보석(寶石)이자 천사의 눈물이며, 술은 삶에 지친 가난한 인간들의 영혼(靈魂)의 피난처(避難處)이자 고독(孤獨)의 보호자(保護者)입니다.

🍀 승리(勝利)한 것인데도 불안하면 진 것이고, 졌는데도 편안하면 승리한 것입니다.

| 06

금의상경 錦衣尙褧

♥ 금요일, 금의상경(錦衣尙褧)이란 비단옷을 입고 누더기 겉옷을 걸친다는 뜻으로, 군자(君子)는 미덕(美德)이 있어도 드러내지 않음을 비유한 말입니다.

★ 이별(離別)이 정말 힘들다는 것은 헤어져서 힘든 것이 아니라 헤어져도 사랑이 그대로 남아있기 때문입니다. 특히 고독이 쓰나미처럼 밀려오는 가을에는 이별하지 마십시오. 너무 잔인한 형벌(刑罰)입니다.

🍀 사랑과 친절은 되로 베풀어도 돌아올 때 이자(利子)가 붙어 말(斗)로 돌아옵니다.

| 07

토함산 吐含山

💜 **토요일**, 토함산(吐含山)은 신라의 얼이 깃든 영산(靈山)으로서 일명 동악(東岳)이라 불리우며, 신라 오악(五岳)으로 손꼽힙니다. 문무왕 수중릉이 있는 감포 앞바다가 굽이 보이는 토함산은 옛부터 불교의 성지로서 산 전체가 우리나라 문화 유적지(文化遺跡地)의 거대한 보고 (寶庫)입니다.

✦ 함께 식사(食事)하는 사람을 우리는 식구(食口)라고 합니다. 또 다른 형태(形態)의 가족(家族)이라는 뜻이지요. 음식만 함께 먹는 것이 아니라 사랑도 함께 먹으니까요.

🍀 엘살바도르에서는 음주운전자(飮酒運轉者)를 사형(死刑)에 처합니다.

| 08

일념불생 一念不生

♥ **일요일**, 일념불생(一念不生)이란 불교 용어로 모든 생각을 초월(超越)하여 잡념이 일체 생기지 아니함에 도달하는 해탈(解脫)의 경지를 말합니다.

★ 꼰대는 나이 값을 못하는 독불장군(獨不將軍)이나 외골수로서 말이 통하지 않는 사람을 말합니다.

🍀 사랑의 노예(奴隷)가 되더라도 사랑의 대상이 있다는 것만으로 그 사람은 행복한 사람입니다.

| 09

월악산 月岳山

♥ **월요일**, 월악산(月岳山)과 송악산(松嶽山)은 고려 도읍 예정지로 서로 다투다가 송악산 쪽으로 도읍지가 확정되는 바람에 월악산은 꿈이 와락 무너졌다하여 한때는 와락산(瓦落山)이 되었다가, 훗날 다시 월악산(月岳山) 이름을 되찾았습니다.

⊛ 황하문명, 메소포타미아 문명(文明)만 역사(歷史)가 아니라 우리들의 가족(家族)도 위대한 역사입니다. 수많은 왕조(王朝)가 쓰러져가는 동안에도 우뚝 살아남아 오늘을 지키고 있는 사람들이 바로 우리들의 가족이니까요.

❀ 속담(俗談) 한마디
   - 미친개가 호랑이 잡는다.
   (무식한 자는 감당하지 못한다는 뜻)

| 10

화언교어 花言巧語

♥ **화요일,** 화언교어(花言巧語)란 듣기 좋은 말로 사람을 속이는 것을 말합니다.

⭐ 일본 파나소닉 창업자(創業者)인 마스씨다 고노스케는 자기 약점(弱點)을 하늘이 내린 은혜로 승화시켜 참다운 인간(人間)으로 거듭난 인물입니다. 가난한 집안에서 태어났기 때문에 부지런히 일해야 살 수 있다는 진리(眞理)를 깨달았고, 허약했기 때문에 건강의 소중함을 알아 운동(運動)으로 90세까지 건강하게 살았으며, 초등학교를 졸업(卒業)하지 못했기에(4학년 중퇴) 모든 사람을 스승으로 삼아 570개 회사와 23만여 명의 종업원을 가진 대기업 총수가 되었던 신화적(神話的)인 인물입니다.

🍀 길이 가깝다고 해도 가지 않으면 도달(到達)하지 못하고, 일이 작다고 해도 실현(實現)하지 않으면 성취(成就)하지 못합니다.

| 11

수구화 繡毬花

♥ 수요일, 수구화(繡毬花)를 일명 불두화(佛頭花)라고 부르는 것은 꽃모양이 부처의 머리처럼 곱슬곱슬하고 부처가 태어난 4월 초8일 전후로 꽃이 만발(滿發)한다고 하여 붙여진 이름입니다.

✪ 가을 단풍이 붉게 타는 이유는, 그리움이란 상사병(相思病)에 걸렸기 때문입니다. 노랑, 연분홍, 빨강 단풍 역시 그리움에 지쳐 아름답게 승화(昇華)된 모습입니다.
(나무도 그리움을 안고 사는데...)

🍀 화장실(化粧室)에 가면 편안한 이유는 몸과 마음을 내려놓기 때문입니다.

| 12

목락안남도 木落雁南渡

♥ **목요일**, 목락안남도(木落雁南渡)란 나뭇잎은 떨어지고 기러기는 남쪽으로 가니 가을이 깊었다는 뜻입니다.

✪ 장미(薔薇)는 대개 사랑 때문에 피흘린 꽃이며 사랑하는 사람이 죽어간 자리에 피어난 꽃입니다. 오스트리아의 유명한 시인 '라이너 마리아 릴케'는 장미꽃 가시에 찔려 파상풍균(破傷風菌)에 의해 죽었다고 하니, 병들어 죽거나 늙어 죽거나 차에 치어 죽거나 물에 빠져 죽는 것 보다는 얼마나 낭만적(浪漫的)인 죽음입니까.

🍀 돈 버는 자랑하지 마십시오.
  벌기만 하고 쓸 줄 모르는 돈은 오물(汚物)과 같아서 구린내만 풍깁니다.

| 13

금영 禁營

♥ **금요일**, 금영(禁營)이란 궁궐 안을 지키는 병사들이 머물던 군영을 말합니다.

✪ 귀를 훔치는 말 보다는 가슴을 흔드는 말을 하십시오.
듣기 좋은 말보다는 가슴에 감동(感動)을 주는 말을 하십시오.
최고의 소통(疏通)은 귀로 듣고 눈으로 말하는 것입니다.

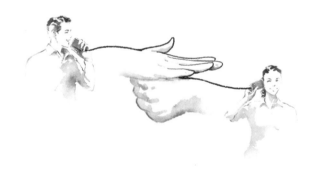

🍀 속담 한마디
- 독수리는 파리를 못 잡는다.
  (능력에 맞게 일을 시키라는 것)
- 새도 염불을 하고 쥐도 방귀 뀐다.
  (남들 다 하는 것을 못하는 사람을 놀리는 말)

| 14

토각귀모 兎角龜毛

♥ **토요일**, 토각귀모(兎角龜毛)란 토끼의 뿔과 거북이의 털이란 뜻으로, 세상에 없는 것을 이르는 말입니다.

⊛ 세상에는 성공(成功)해도 잃는 것이 있고, 실패(失敗)해도 얻는 것이 있습니다. 성공해도 잃는 것을 승자(勝者)의 저주(詛呪)라 하고, 실패해도 얻는 것을 우리는 전문가(專門家)라 합니다. 전문가는 지식이 많은 사람이 아니라, 실패를 거듭하여 그 부분의 실패를 줄여 성공한 사람을 말합니다.

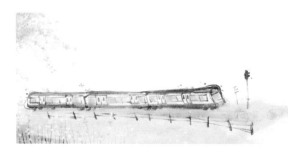

♣ 헤어짐은 사랑의 종착역(終着驛)이 아니라 또 다른 사랑의 시작(始作)입니다.

| 15

일실지도 一實之道

💙 **일요일**, 일실지도(一實之道)란 진실(眞實)은 오직 하나라는 뜻입니다.

✪ 때를 놓치면 때가 낍니다.

- 말해야 할 때 말하지 않으면 비겁(卑怯)의 때가 끼고,
- 나누어야 할 때 나누지 않으면 탐욕(貪慾)의 때가 끼고,
- 놓아야 할 때 놓지 않으면 고통(苦痛)의 때가 끼고,
- 사랑해야 할 때 사랑하지 않으면 인생의 후회(後悔)라는 때가 낍니다.

🍀 지금 당장 시작하십시오.

내일부터 하겠다는 말은 절대 안할 거라는 말과 같은 말입니다.

| 16

월광月光 소나타

♥ **월요일**, 월광(月光) 소나타(Sonata No.14)는, 베토벤이 매독이란 성병으로 인해 귀머거리가 되어 천둥소리도 들을 수 없었을 때, 눈먼 소녀에게 천지를 뒤덮은 달밤의 아름다운 광경(光景)을 보여 주기 위해 만든 불멸(不滅)의 명작입니다.

이 얼마나 숭고하고 아름다운 마음입니까.

⊛ 등산할 때 느끼는 쾌감을 마운틴 오르가즘이라고 합니다. 살아있는 동안에 오르가즘을 최대한 누리는 인생이 성공한 인생입니다.

♣ 살아 빛나는 얼굴을 생(生)얼이라 하고, 얼굴에 빛이 없는 사람을 얼빠진 인간이라 합니다.

| 17

화관무직 華官膴職

♥ **화요일**, 화관무직(華官膴職)이란 벼슬이 높고 봉록(俸祿)이 많은 것을 말 합니다.

✪ 아무리 힘들고 어려운 일이 닥쳐도 사랑하면 모든 것이 해결됩니다. 사랑은 점괘(占卦)도 초월하니까요.

🍀 그리움이란?
마음 안에 있는 간절한 소망과 한 사람에 대한 기다림의 시작이 바로 그리움입니다.

| 18

수사지주 隨絲蜘蛛

♥ 수요일, 수사지주(隨絲蜘蛛)란 서로 떨어져 살수 없는 긴밀한 관계를 말합니다.

✪ 장미는 꽃에서 향기(香氣)가 나는 것이 아니라 가시에서 향기가 납니다. 그래서 어느 꽃보다 향기가 멀리 갑니다.

- 빨간 장미 : 사랑, 절정, 열정, 기쁨
- 하얀 장미 : 존경, 순결
- 분홍 장미 : 행복한 사랑, 사랑의 맹세
- 파란 장미 : 이루어질 수 없는 사랑
- 주황 장미 : 첫 사랑의 고백, 수줍음
- 보라 장미 : 영원한 사랑, 불완전한 사랑
- 장미 다발 : 비밀스런 사랑을 하고 싶어요.

🍀 자신 있게 말하십시오. 자신 있게 말하면 자신도 모르게 자신감(自信感)이 생깁니다.

| 19

목동 牧童

♥ **목요일**, 목동(牧童)하면 무엇보다도 알퐁스 도데(Alphonse Daudet)의 '별'이 생각납니다. 목동과 스테파네트(Stephanette)의 순수하고 풋풋한 사랑, 이런 사랑이라면 누구나 갈구하고 기원(祈願)하겠지요.

⭐ 소크라테스Socrates 제자 안티스테네스는 '남을 험담하고 아첨 잘하는 인간을 사귀느니 차라리 까마귀와 어울리는 편이 낫다'고 했습니다. 까마귀는 죽은 시체만 뜯어먹지만, 남을 험담(險談)하고 아첨(阿諂)하는 인간은 산 사람도 뜯어 먹으니까요.

🍀 분명히 아는 것은 내 것이 되지만 희미하게 아는 것은 남의 것입니다.

금지 禁止된 장난

♥ 금요일, '금지(禁止)된 장난'이란 영화는 프랑스의 거장 르네클레망 감독이 1952년에 제작한 명화로, 2차 세계 대전 때 부모님을 잃은 소녀 폴레트와 농부의 아들 미셸 소년의 순수한 눈을 통해 전쟁을 묘사한 반전(反戰)영화입니다.

⭐ 아무리 정신이 고결한 도공(陶工)이라도 영원히 깨어지지 않는 도자기를 만든 적이 없듯이, 아무리 영혼(靈魂)이 순결한 사랑이라 하더라도 언젠가는 금이 가고 맙니다. 그래서 사랑에는 유통기한도 쉼표도 마침표도 없답니다.
헌 사랑이 떠나면 새 사랑이 오니까요.

🍀 나는 금지(禁止)된 장난이 아니라 깊어가는 이 가을에 금기(禁忌)를 깨는 치명적인 욕망(慾望)의 사랑, 즉 금지된 사랑을 하고 싶습니다.

토론 討論

♥ **토요일**, 토론(討論)하자. 세종실록 첫 장은 논(論)하자, 소통(疏通)하자로 시작합니다. 세종대왕은 32년간 재임하면서 대소 신료들과 함께 자그마치 1898번, 5일에 한 번씩 대 토론으로 백성들의 애환을 직접 챙겼으니 역시 대왕입니다.

✪ 소통 밑에 불통,
   불통 밑에 고통,
   고통 밑에 감옥.

✿ 이스라엘 속담 한마디
   '손님이 오지 않는 집에는 천사(天使)도 찾아오지 않는다'고 했습니다.

| 22

일전불치 一錢不値

♥ **일요일**, 일전불치(一錢不値)란 한 푼의 가치도 없는 것을 말합니다.

★ 자화자찬(自畵自讚)으로 치적을 남기려는 것은 영혼(靈魂)의 빈곤(貧困)을 드러내는 것입니다.

♣ 우리는 지금부터라도 흔한 인생을 살면서 흔치 않은 사람이 되어야 합니다.

| 23

월백풍청 月白風清

💜 **월요일**, 월백풍청(月白風淸)이란 달은 밝고 바람은 선선하다는 뜻으로, 달 밝은 가을밤을 말합니다.

✪ 인간 중에서 가장 비참한 인간은 밥을 굶는 인간이 아니라, 사랑을 굶는 인간입니다.

🍀 자신의 입에서 비밀이 밖으로 나오는 순간 그것은 비밀(秘密)이 아닙니다.

| 24

화용월태 花容月態

♥ **화요일**, 화용월태(花容月態)란 아름다운 여자의 고운 자태를 말합니다.

⭐ 류시화 시인은, 눈에 눈물이 있어야 영혼의 아름다운 무지개가 뜬다고 했습니다.

🍀 이 세상에서 첫사랑의 의식(意識)보다 더 신성(神聖)한 의식은 없습니다. 때 묻지 않은 사랑이 바로 첫사랑이니까요.

| 25

수구여병 守口如瓶

♥ 수요일, 수구여병(守口如瓶)이란 병(瓶)에 병마개를 꼭 막듯이, 남의 비밀을 절대 말하지 말라는 뜻입니다. 남의 비밀을 꼭 말하고 싶으면 차라리 개를 붙잡고 말하십시오.

⊛ 두부 먹다가 생이빨 부러지는 소리라 할지 모르지만, 육체적(肉體的)인 사랑은 외형적(外形的)인 아름다움에서 비롯되고, 정신적(精神的)인 사랑은 내면적(內面的)인 아름다움에서 시작됩니다.

🍀 사랑의 문(門)은 세상을 아름답게 보는 사람에게 열리고, 희망(希望)의 문은 오늘을 성실(誠實)히 사는 사람에게 열립니다.

| 26

목화 木花

💜 **목요일**, 목화(木花)는 꽃을 세 번 피웁니다.

첫 번째는 목화 열매를 맺기 위해 피우는 꽃이고,

두 번째는 목화 열매가 익어 백옥 같은 솜털을 세상에 들어낼 때이고,

세 번째는 목화솜으로 원앙금침(鴛鴦衾枕)을 만들어 신랑신부가 첫

날 밤을 보낼 때 사랑의 꽃을 피웁니다.

⭐ 가장 슬픈 여자는 마음이 늙은 여자라 했습니다.

가슴에 사랑의 온기가 없는 여자라 했습니다.

이 가을, 추억이 없는 여자라 했습니다.

올 가을엔 아름다운 추억 하나 만드심은 어떤지요.

🍀 배추가 죽으면 김치가 살고, 성질(性質)을 죽이면 미래(未來)가 삽니다.

금의환향 錦衣還鄉

♥ **금요일**, 금의환향(錦衣還鄉)의 유래는 항우가 진나라 수도 관중을 불태우고 자신의 고향 팽성으로 돌아가 그곳을 도읍으로 삼은 것에서 시작되었습니다. 금의환향, 성공하여 고향에 비단옷을 입고 간다는 뜻입니다.

⭐ 이 세상 최고의 명품 옷은 바로 자신감(自信感)의 옷을 입는 것입니다. 나는 할 수 있다는 자신감 말입니다.

錦衣還鄉 (금의환향)

🍀 세상이 아무리 험악할지라도 진정(眞情)으로 겸손하고, 진정으로 예의(禮儀)를 갖춘 자를 거부(拒否)할 사람은 아무도 없습니다.

| 28

토네이도

♥ **토요일**, 토네이도(강력한 바람의 소용돌이)여!
미국 남동부 지역에만 나타나지 말고 여기 와서 이 늦가을의 그리움,
보고픔, 애절함 그리고 내 얼굴에 흐르는 강물까지 맹렬한 회오리로
날려주소서.

⭐ 이스라엘에서는 초등학교 첫 수업 시간에 학생들에게 꿀을 찍어 먹게
하고 배움은 꿀맛이라고 가르칩니다.

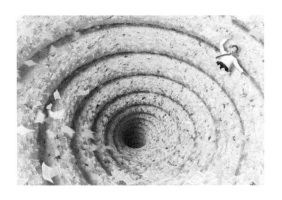

🍀 추억(追憶)은 기억(記憶)의 재구성(再構成)입니다.
생각의 시작이자, 관찰의 시작이며, 발견의 시작이니까요.

일구지학 一丘之貉

♥ **일요일**, 일구지학(一丘之貉)이란 한 언덕에 사는 담비라는 뜻으로 구별하기 어려운 같은 종류의 나쁜 무리를 비유하는 말입니다.

⭐ 차(車)멀미가 있듯이, 말(言)멀미도 있습니다. 말을 독점하면 듣는 사람이 멀미합니다.

🍀 여자와 암소의 공통점은 단 한 가지, 되새김하는 것입니다.

| 30

월越 나라

💙 **월요일**, 월(越)나라 왕 구천은 복수하기 위해 은밀히 서시(西施; 중국 4대 미인 중 한사람)를 오나라 왕 부차에게 보내자, 서시의 미모에 빠진 부차는 국정을 돌보지 않고 주색으로 세월을 보내다가 결국 월나라에게 패망하고 말았습니다. 서시로 인해 생겨난 사자성어(四字成語)가 바로 나라를 망칠 정도로 아름답다는 뜻의 망국지색(亡國之色), 경국지색(傾國之色)입니다.

✪ 하루는 서시가 강가에 앉아 사색(思索)을 즐기는데 그녀의 아름다운 모습에 도취된 물고기들이 헤엄치는 것을 잊어버리고 서시만 바라보고 있다가 강바닥에 쳐박혔다 하여 사람들은 서시에게 침어(沈魚)라는 애칭(愛稱)을 붙여주었답니다.

🍀 유언비어(流言蜚語)는 저절로 생기는 것이 아니라 의심(疑心)과 질투(嫉妬) 때문에 생깁니다.

| 31

화복상생 禍福相生

♥ **화요일**, 화복상생(禍福相生)이란 화(禍)와 복(福)이 서로 번갈아 일어난다는 뜻입니다.

✪ 여인들의 필수품인 립스틱 모양이 총알을 닮은 이유는, 세계1차 대전 때 탄약 공장에서 총알을 보고 아이디어를 얻어 만들었기 때문 입니다.

🍀 자연(自然)은 신(神)이 쓴 책입니다.

수연 壽宴

♥ 수요일, 수연(壽宴)은 보통 환갑을 축하하는 잔치를 말합니다.

⭐ 여자는 언제나 약(弱)합니다.
사랑에도 약하고, 운명(運命)에도 약하고, 반지(斑指)에도 약하고, 돈에도 약하고, 꽃에도 약하고, 약하다고 하는 것에 조차 약한 동물이 여자라고 했습니다. 과연 약한 게 여자인지?

🍀 도박은 탐욕의 자식(子息)이자, 부정(不正)의 형제이고, 불행(不幸)의 아버지입니다.

| 02

목화 木靴 나막신

♥ **목요일**, 목화(木靴)란 나막신을 말합니다. 나막신 신고 발등 긁는다는 속담이 있습니다. 어리석은 행동은 하지 말라는 뜻이지요.

⊛ 착한 일은 진실(眞實)한 생각에서 일어납니다. 진실한 생각이 곧 자비심(慈悲心)이고 자비심이 곧 부처입니다.

♣ 악(惡)은 쾌락(快樂) 속에서도 고통을 주지만, 덕(德)은 고통 속에서도 위안(慰安)을 줍니다.

| 03

금낭화 錦囊花

♥ 금요일, 금낭화(錦囊花)의 꽃말은 '당신을 따르겠습니다'이며, 옛날 여인들이 치마 속에 매달고 다녔던 복주머니를 닮았다 하여 일명 며느리 주머니 혹은 며느리밥풀 꽃으로 불리고, 땅을 향해 고개를 숙이고 있어서 겸손과 순종을 나타내는 꽃이라고도 합니다.

★ 말의 질서(秩序)가 깨지는 것은 새치기, 앞지르기, 가로채기 때문입니다.

♣ 수많은 세월이 흘러도 여자는 눈물에 의지(意志)하고, 나쁜 놈은 거짓말에 의지합니다.

| 04

토사구팽 兎死狗烹

💜 **토요일**, 토사구팽(兎死狗烹)이란 토끼 사냥이 끝나면 사냥개를 잡아먹는다는 뜻으로, 쓸모없으면 버리는 것을 의미합니다.

이 말은 목숨을 걸고 한나라 유방에게 충성을 다한 한신을 유방이 낙양으로 귀양 보낼 때 한신이 한 말입니다.

✴ **사랑의 절대 법칙**

사랑한다는 말 뒤에는 영원한 혹은 영원히라는 말은 생략되어야 합니다. 영원한 사랑은 존재하지 않기 때문이지요.

그리고 사랑은 동사(動詞)이기 때문에 한 곳에 머물기를 싫어합니다. 움직입니다.

🍀 승자(勝者)는 일을 해결할 수 있는 방법을 찾지만 패자(敗者)는 일을 피할 수 있는 방법을 찾습니다.

| 05

일촉즉발 一觸卽發

💗 **일요일,** 일촉즉발(一觸卽發)이란 조그마한 자극에도 큰 일이 벌어질 것 같은 아슬아슬한 상태를 말합니다.

⭐ '육시(戮屍)랄~'이라고 욕(辱)할 때의 육시는 이미 죽은 사람의 시체를 관에서 꺼내어 머리를 자르는 형벌로 그 만큼 저주가 담긴 욕입니다. [대표적인 인물 한명회의 부관참시(剖棺斬屍)]

🍀 진정 살려야 하는 양심(良心)은 한사코 목 졸라 죽이고, 죽여야 하는 욕망(慾望)은 한사코 살찌우는 인간들이 태반이니, 세상이 어찌될라고~.

| 06

월중취설 月中聚雪

♥ **월요일,** 월중취설(月中聚雪)이란 달빛 속에서 눈(雪)을 모은다는 뜻으로, 희고 아름다움을 일컫는 말입니다.

⊛ 실수(失手)를 인정하지 못하는 이유는 잘못을 인정(認定)하지 못하기 때문이 아니라 고개 숙이는 방법을 배우지 못했기 때문입니다.

🍀 책을 읽을수록 사람은 그 책을 닮아갑니다.

| 07

화려 華麗한 양귀비

♥ **화요일**, 화려(華麗)한 춤과 노래로 한 시대를 풍미했던 왕조의 여인 해어화(解語花) 양옥환은 시아버지인 당나라 황제 현종과 배꼽을 맞추어 인륜을 저버리고 윤리 도덕을 파괴시킨 여인입니다. 우리는 이 여인을 양귀비라 칭하고 있습니다.

⭐ 해어화(解語 花)란 사람 말을 알아듣는 꽃 혹은 말하는 꽃이란 뜻으로, 양귀비에게 붙여진 애칭입니다.

🍀 칭찬(稱讚)은 자존감을 키워주고, 질타(叱咤)는 눈치를 자라게 합니다.

| 08

수가 隨駕 왕소군

♥ 수요일, 수가(隨駕)란 임금을 모시는 사람을 말합니다. 임금을 모신 여인 중 가장 비련의 여인이 왕소군(王昭君)입니다. 왕소군이 흉노족의 두령인 호한 야선우에게 잡혀 머나먼 길 흉노로 떠나는 것을 슬퍼하면서 말안장 위에 앉아 비파연주하는 모습을 기러기 떼가 보고 그의 아름다운 미모에 취해 그만 날갯짓하는 것을 잊고 땅에 떨어졌다 하여 그녀에게 떨어질 낙(落), 기러기 안(雁)자를 써서 낙안이란 애칭(愛稱)이 붙게 되었습니다.

⊛ 소군(昭君)이란 이름은 한나라 황실과 황제를 빛내라는 의미로 한 원제가 지어준 이름입니다. 왕소군은 남편이 죽자 흉노족의 풍습에 따라 장자인 복주루와 재혼하였지만 평생을 고향 땅 한나라를 그리워하다가 흉노 땅에서 생을 마감한 비운의 여인입니다.

🍀 청총(靑塚), 얼마나 고향을 그리워하였으면, 겨울 북풍으로 인해 모든 풀들이 누렇게 시들어도 오직 왕소군 무덤의 풀들만은 푸르름을 잃지 않았다고 하여 왕소군의 무덤을 청총(靑塚)이라 부르고 있습니다.

| 09

목근화 木槿花

♥ **목요일**, 목근화(木槿花)란 무궁화(無窮花)의 또 다른 이름입니다.

✪ 수많은 저주(詛呪)를 남긴 피렌체 다이아몬드의 저주를 피하기 위해 오스트리아 당국에서는 이것을 금고 깊숙이 숨겨두었지만 결국 황태자 부부가 세르비야를 방문하던 중 총에 맞아 사망하는 사건이 일어났습니다. 이 사건이 제1차 세계 대전의 도화선(導火線)이 되었고, 그 결과 오스트리아 제국은 몰락하였습니다. 저주의 피란체 다이아몬드는 아직도 행방이 묘연하답니다.

♣ 세계 4대 저주의 다이아몬드는 리젼트, 상시, 블루호트, 피렌체 다이아몬드 입니다.

| 10

금과 禁果

♥ 금요일, 금과(禁果)란 금단의 열매 선악과(善惡果)를 일컫는 말입니다.

⊛ 개차반의 유래는, 개가 가장 좋아하는 음식을 차렸다는 뜻으로, 사람의 똥을 의미(意味)합니다.
행실머리가 고약하고, 성격이 더러운 놈들을 개차반이라고 합니다.

🍀 아침은 밤의 시작이고, 밤은 아침의 시작입니다. 성공적으로 하루를 시작하려면 밤부터 관리를 잘해야 합니다.

| 11

토영삼굴 兎營三窟

♥ **토요일**, 토영삼굴(兎營三窟)이란 토끼가 위기에 대처하기 위해 세 개의 굴을 파둔다는 뜻으로, 자신의 안전을 위하여 미리 몇 가지 대비책을 짜 놓음을 이르는 말입니다.

★ 남자와 여자가 한 이불 속에서 잠을 자도 그 꿈은 서로 다르다고 했으니 부부는 일심동체(一心同體)가 맞는 것인지~ (헷갈리고 미치겠다, 정말)

🍀 오늘 할 일을 내일로 미루지 마십시오.
오늘과 내일은 족보(族譜)가 다릅니다.

| 12

일색소박 一色疏薄

♥ **일요일**, 일색소박(一色疏薄)은 있어도 박색소박(薄色疏薄)은 없다 했습니다. 아름다운 여자는 아름다움을 미끼로 거만(倨慢)을 떨다가 남편에게 소박맞을 수 있지만, 못 생긴 여자는 남편에게 순종하므로 소박맞을 일이 없으니까요.

✪ 아인슈타인은 돈에 대하여 무관심했습니다.
미국의 석유 왕 록펠러 재단에서 받은 일천달러짜리 수표를 책갈피에 끼워두었는데 수표만 없어진 것이 아니라 책까지 없어지자, 아인슈타인이 하신 말씀, "돈이 좋긴 좋은 모양이지, 책까지 돈을 따라 갔으니."

🍀 잘 생긴 여자는 인물값 하다가 소박맞고, 못 생긴 여자는 꼴값하다가 소박맞는다는 사실.

| 13

월한강청 月寒江淸

♥ **월요일**, 월한강청(月寒江淸)이란 달빛은 차고 강물은 맑게 조용히 흐른다는 뜻으로, 겨울철의 달빛과 강물이 이루는 경치를 일컫는 말입니다.

✪ 수십 명의 법관(法官)을 사귄다고 자랑하지 말고, 한 가지 범죄라도 저지르지 않는 것이 현명합니다.

♣ 인생이란 정답이 있는 것이 아니라 살면서 정답을 알아가는 것입니다.

| 14

화전충화 花田衝火

♥ **화요일**, 화전충화(花田衝火)란 꽃밭에 불을 지른다는 뜻으로, 젊은이들의 앞을 가로막거나 그르침을 일컫는 말입니다.

✪ 이외수의 아불류 시불류(我不流 時不流)는, '아무렇게나 씨부리지마'가 아니고, 내가 흐르지 않으면 시간도 흐르지 않는다. 곧 내가 세상의 중심이고 세상에서 가장 소중한 존재가 바로 '나 자신'이라는 뜻입니다.

🍀 남편의 뻥은 아내에게 꿈입니다.
   남편들이여, 뻥을 세게 칩시다. 아내의 꿈을 위하여~

| 15

수유지자 불능기후 雖有智者不能其後

💙 수요일, 수유지자 불능기후(雖有智者不能其後)란 처음에 잘못하면 나중에 가서 아무리 잘해봐도 소용없다는 뜻입니다.

⭐ 음식의 5가지 맛은 단맛, 신맛, 짠맛, 쓴맛, 감칠맛이고, 매운맛은 맛이 아니라 통증(痛症)으로 분류 됩니다. 그리고 말에도 맛이 있습니다. 입맛 떨어지는 말 하지 말고 감칠맛 나는 말을 생활화 합시다.

🍀 같은 말이라도 때와 장소를 가려야합니다. 다른 곳에서의 히트곡이 여기서는 소음공해가 될 수 있으니까요.

| 16

목청맹 目青盲

♥ **목요일**, 목청맹(目青盲)이란 눈의 모양에는 이상이 없으나 사물을 보지 못하는 병을 말합니다.

✪ 사과(沙果)가 저절로 붉어질리 없습니다. 붉게 익은 사과는 태풍 몇 개, 천둥 몇 개, 벼락 몇 개, 그리움 한 사발이 만들어 낸 작품(作品)입니다. 여러분들은 올해 태풍과 천둥, 벼락을 몇 개나 맞으셨나요? 그리고 그리움은 몇 사발 마셨나요? 그 시련(試鍊)의 숫자만큼 우리의 삶은 더 붉게 익어 갑니다.

✿ 좌우명(座右銘)이란 좌로 가나 우로 가나 어차피 운명(運命)이니까, 그냥 밟고 넘어가는 것이 최선이라는 뜻입니다.(ㅋㅎ)

| 17

금계국 金鷄菊

♥ 금요일, 금계국(金鷄菊)의 꽃말은 상쾌한 기분입니다.

세상 돌아가는 꼴이 상쾌한 구석은 한 군데도 없고 악취만 가득하니,

이 일을 어찌하오리까?

⊛ 옛 사람들은 이렇게 말했습니다.

- 20대는 꿈을 선택하는 현몽기(現夢期),
- 30대는 꿈을 향해 정진하는 연마기(鍊磨期),
- 40대는 실력을 펼치는 용비기(龍飛期),
- 50대 이후는 남은 꿈을 실현하고 삶을 즐기는 풍류기(風流期)라 했습니다.

🍀 지금 잠을 자면 꿈을 꾸지만 지금 공부하면 꿈을 이룰 수 있습니다.

| 18

토종우표土種郵票

♥ **토요일**, 토종우표(土種郵票) 즉, 우리나라 최초의 우표는 1884년 11월 18일(음력 10월 1일) 우정총국이 발행한 문위우표(文位郵票)입니다.

⊛ 옷은 새 옷이 좋고, 사람은 헌(옛) 사람이 좋다고 하였습니다. 새 인연도 중요하지만 옛 인연을 더 소중히 가꾸어 깊은 인연 만들어 나가는 것이 현명한 처사입니다.

✿ 진실성(眞實性)이 없는 사과(謝過)는 무책임한 헛소리에 불과합니다.

| 19

일립만배 一粒萬倍

♥ **일요일,** 일립만배(一粒萬倍)란 한 톨의 벼를 뿌리면 일만 톨의 싹이 된다는 뜻으로, 작은 것도 쌓이면 많게 된다는 것을 의미합니다.

✪ 남아일언중천금(男兒一言重千金)이란, 「자치통감」 권 186에 나오는 장부일언허인천금불역(丈夫一言許人千金不易)에서 유래된 것입니다. 천금을 줘도 사나이는 약속을 어겨서는 안 된다는 뜻입니다.

🍀 욕심(慾心)은 만병의 근원이자, 사망(死亡)의 지름길입니다.

월석부 越石父

♥ **월요일**, 월석부(越石父)는 중국 춘추전국시대 제나라의 현자(賢者)였습니다. 깨달음을 얻기 위해 스스로 노비생활을 하고 있을 때, 마침 제나라 재상인 안자가 지나가다가 몸값을 지불하여 자유의 몸이 된 자입니다.

사위지기자사(士爲知己者死), 즉 사나이(선비)는 자기를 알아주는 사람을 위해 목숨을 바친다는 유명한 말은 월석부와 안자(晏子)로 인해 탄생하였습니다.

⭐ 사랑했던 사람이 어느 날 갑자기 헤어지자고 할 때 내가 싫어졌냐고 물어보지 마십시오. 사랑할 때에도 이유가 없었잖아요.

🍀 가을은 모든 잎이 꽃이 되는 2번째 봄입니다.

화청궁 華清宮

♥ **화요일**, 화청궁(華清宮)은 당 현종과 양귀비가 사랑을 나누었던 온천 연못으로 유명합니다. 여산의 산록에 있는 3,000년의 역사를 지닌 온천지로서 일명 온천궁(溫泉宮)이라고도 합니다.

✪ 사랑하는 부부는 서로 닮는다고 하였습니다. 닮을 수밖에 없습니다. 사람의 얼굴에는 80여개의 근육이 있는데 사랑하는 사람끼리 매일 서로 웃고 울고 화내고 하면서 같은 순간에 같은 근육을 쓰니까 닮을 수밖에요.

♣ 살아 있는 영혼에게는 죽음이 없듯이, 사랑하는 사람에게는 나이가 없습니다. 그리고 사랑하는 사람들의 시간은 영원합니다.

수성지업 垂成之業

♥ 수요일, 수성지업(垂成之業)이란 자손에게 가업(家業)을 물려주는 것을 말합니다.

✪ 사랑은 아픔없이 태어나지 않습니다.

이 세상에 존재하는 어떤 인간도 사랑 없이는 행복(幸福)할 수 없습니다. 사랑하라는 말은 행복하라는 말과 동일합니다. 그래서 돈 없는 것이 죄가 아니라 가슴에 사랑 없는 것이 죄입니다.

🍀 인간은 죽음으로써 모든 비극(悲劇)이 끝나고, 결혼(結婚)으로써 모든 희극(喜劇)이 끝난다고 하였습니다. (이 또한 비극이 아니고 무엇이겠습니까.)

| 23

목욕패옥 沐浴佩玉

♥ **목요일**, 목욕패옥(沐浴佩玉)이란 잘 차려입고 치장을 잘 하는 것을
말합니다.

✪ 목숨처럼 엘비스 프레슬리를 사랑했던 차중락은 한국의 엘비스 프레
슬리라는 애칭을 받은 사람입니다. 그리고 1968년 11월 10일, 27세
의 나이로 그의 노래처럼 낙엽 따라 가버렸습니다. 엘비스 프레슬리
의 Anything that's part of you는 1962년에 발표 되었으나 당시에
는 히트하지 못하고, 1968년 가수 차중락이 한국에서 '낙엽 따라 가버
린 사랑'이란 제목으로 히트한 후 전 세계적으로 사랑을 받게 되었습
니다.

🍀 언어(言語)는 영혼(靈魂)의 호흡(呼吸)입니다.
  (긍정적이고 진취적이고 건설적인 말을 많이 사용합시다.)

| 24

금심 琴心

♥ 금요일, 금심(琴心)이란 거문고 소리를 통하여 자신의 마음을 표현한 다는 뜻으로 부인에 대한 애모의 마음을 말합니다.

✪ 아플 때

우는 자는 3류.

참는 자는 2류.

즐기는 자는 1류입니다.

🍀 미래(未來)가 보이지 않은 것은 미래가 너무나 눈부시기 때문입니다.

토문 土門

♥ **토요일**, 토문(土門)이란 좌우를 흙으로 쌓아올린 지붕이 없는 문을 말합니다.

⊛ 중국의 유명한 관상학자 마의선사가 쓴 『마의상서(麻衣相書)』에 의하면, 운명은 사주나 관상에 매여 있는 것이 아니라 마음먹기에 따라 변(變)한다고 했습니다. 그래서 관상(觀相)보다 심상(心相)이 중요합니다. 항상 밝은 마음, 아름다운 마음을 지닐 때 관상에는 어두운 그림자가 깃들지 못합니다.

🍀 사랑의 신 아프로디테(Aphrodite)는, 그리스어로 물거품이란 뜻입니다. (사랑은 곧 물거품이니까요.)

| 26

일취월장 日就月將

♥ **일요일,** 일취월장(日就月將)이란 고대 중국 주나라 2대 왕이었던 성왕은 자신이 스스로 총명하지 못하다는 것을 알고 신하들에게 도움을 청해 부지런히 노력한 결과 높은 학문을 이루게 되었다는 것에서 유래되었습니다. 요즘 일취월장의 뜻은, 일찍 취직하여 먼저 장가가자는 뜻을 담고 있다하니, 정말 웃어야 할지 울어야 할지~. 취업하기가 이렇게 어려운 줄이야~

⊛ 세상에는 혼자서 할 수 없는 것이 하나 있습니다. 바로 사랑입니다. 그래서 사랑할 대상이 있는 곳이 천국(天國)이고, 사랑하는 마음이 곧 천국입니다.

🍀 망(亡)할 때도 잘 망해야 다시 일어설 수 있습니다.

| 27

월태 月態

♥ **월요일**, 월태(月態)란 달처럼 아름답고 고요한 태도나 모습을 말합니다.

⭐ 내 눈은 두 개지만, 내 목표(目標)는 오직 하나밖에 보이지 않는다는 각오로 노력하는 사람은 마지막에 웃는 진정한 승리자가 될 것입니다.

🍀 재물(財物)은 쟁탈해서 분배할 수 있지만, 지식(知識)은 쟁탈할 수도 분배할 수도 없습니다. 강도도 빼앗지 못하는 지식을 쌓기 위해 항상 책을 가까이 합시다.

28

화생부덕 禍生不德

♥ **화요일**, 화생부덕(禍生不德)이란 모든 재앙은 덕이 없을 때 일어난다는 뜻입니다.

✯ 말의 흉기(凶器)에 찔린 상처(傷處)는 골이 너무 깊어서 좀처럼 봉합(縫合)되지 않습니다. 어떤 말은 상처의 틈새로 파고들어 감정(感情)의 살을 파헤치거나 알을 낳고 번식하기도 합니다. 말로 생긴 상처가 좀처럼 사라지지 않는 이유가 여기에 있습니다.

🍀 누구를 미워하지 마십시오. 미워하는 마음은 골수(骨髓)를 마르게 하고 뼈를 썩게 합니다.

| 29

수미상응 首尾相應

♥ 수요일, 수미상응(首尾相應)이란 서로서로 잘 맞아 도와주는 것을 말합니다.

⭐ 감사(感謝)의 말을 잘하지 않는 사람은 원망(怨望)의 말은 잘합니다. 이것은 습관(習慣)입니다. 감사하면 감사할 일만 생기고, 감사할 안경을 쓰고 세상을 바라보면 모든 것이 감사할 일 뿐입니다.

🍀 신(神)은 인간에게 성공(成功)이란 선물을 주기 위해, 고통(苦痛)이란 포장지로 삶이란 여정(旅程)을 포장하여 우리에게 주었습니다.

목마木馬와 숙녀淑女

♥ **목요일**, 목마(木馬)와 숙녀(淑女)는 박인환이 쓴 시(詩)로, 시에 등장하는 목마는 순수와 동심을 상징하는 시어(詩語)이며, 숙녀는 버지니아 울프(1882~1941)를 말하는 것입니다. 버지니아 울프는 영국의 여류 소설가로 「등대」, 「세월」 등의 소설을 남겼지만, 제2차 세계 대전이 가져다준 정신적 중압감을 견디지 못해 투신 자살로 생을 마감하였습니다.

⭐ 대통령은 민심(民心)을 얻어야 태평(太平)하게 권력(權力)을 이어갈 수 있습니다. 그리고 국민으로부터 존경을 받을 때 그 어떤 무기(武器)보다 강한 무기를 지닌 대통령이 됩니다.

♣ 자신의 의무(義務)를 제대로 완수한 사람이 진정한 영웅입니다.

| 01

금사화의 金紗華衣

♥ 금요일, 금사화의(金紗華衣)란 금실로 무늬를 넣은 비단옷을 말합니다.

⭐ 부부가 서로 여보, 당신이라고 부르는 이유는
- 여보(如寶)라는 말은 보배와 같이 귀하다는 뜻이고,
- 당신(當身)이라는 말은 멀리 떨어져 있어도 내 몸과 하나라는 뜻이며,
- 마누라는 마주보고 누워라의 준말이고,
- 여편네는 옆에 있네에서 왔다고 하니,

부부는 서로에게 가장 소중한 보배요. 끝까지 함께하는 사람입니다.

🍀 150억 년 우주의 역사 속에 오직 하나뿐인 아주 귀중한 꽃이 바로 당신(當身)입니다.

토고납신 吐故納新

♥ **토요일**, 토고납신(吐故納新)이란 오래된 것은 토해 내고, 새것을 들여 마신다는 뜻으로, 헌 것은 버리고 새롭고 좋은 것은 받아들이는 것을 말합니다.

⭐ 일(work)은 3가지 악(惡)을 몰아냅니다.

• 첫째 : 권태(倦怠)

• 둘째 : 타락(墮落)

• 셋째 : 빈곤(貧困)

🍀 연결(連結)이란 두 사람의 공통점(共通點)을 찾는 노력(努力)입니다.

03

일식만전 一食萬錢

💜 **일요일,** 일식만전(一食萬錢)이란 한 번의 식사에 많은 돈을 들인다는 뜻으로, 몹시 사치스럽게 낭비하는 생활을 말합니다.

⭐ 우리가 80년 산다고 가정할 때 29,200일 살고, 그 중 하루 8시간 수면을 취한다고 하면, 활동 시간은 고작 19,467일 밖에 되지 않습니다. 말이 필요 없습니다. 삶을 사는 동안 후회 없이 사랑하고 후회 없이 많이 베푸십시오.

🍀 마음속 깊이 생각하는 것은 간절함이고, '사랑한다'라는 말 한마디 하지 않아도 빛나는 것은 당신에 대한 믿음입니다.

월천越川국 | 04

♥ **월요일**, 월천(越川)국이란 국물만 있고 건더기가 없어 맛이 없는 국을 말합니다.

✪ 유태인 경전에 의하면 아내의 적극적 동의(同意) 없이 성관계를 하거나 성관계 시 아내를 오르가즘에 도달시키지 못할 때는 결혼 생활의 강간(强姦)이라 하였습니다. 이는 곧 여자의 성

(性)은 위대한 인권(人權)이자 인격(人格)의 극치(極致)라는 뜻입니다.
남자들이여 !
설왕설래(舌往舌來, 혓바닥)를 하는 한이 있더라도 여자를 홍콩으로 보내야 합니다.
왜?
결혼 생활의 강간이란 불명예를 씻기 위해서 그리고 세계의 최고봉 에베레스트산(8,848m)을 정복(征服)하듯이 온갖 노력으로 아내를 정복하는 것이 가정의 평화를 이룩하는 것입니다.

🍀 실수(失手)는 성공을 위해 반드시 치러야 하는 비용(費用)입니다.

05

화성인 火星人

♥ **화요일**, 화성인(火星人)이 남자고 금성인(金星人)이 여자이기 때문에 남자와 여자는 언어와 사고방식이 다를 수밖에 없습니다.

⊛ 거목을 쓰러뜨리는 것은 나무속에 기생(寄生)하는 아주 작은 벌레입니다. 사랑도 마찬가지입니다. 내 안에 작은 벌레인 의심, 미움, 원망, 상처가 들어 앉아 기생하고 있으면 내 마음이 먼저 조각나고 상대의 마음도 무너지게 됩니다.

❀ 기도(祈禱)는 별다른 것이 아닙니다. 자신이 평상시(平常時)에 하는 말이 모두 기도입니다. 그러니 부처님이나 하나님에게 특별히 기도하지 마십시오. 말을 기도처럼 하십시오. 말을 기도처럼 할 때 소원(所願)이 성취(成就)됩니다.

수전노 守錢奴

♥ 수요일, 수전노(守錢奴)하면 구두쇠 캐릭터의 대명사 스크루지 (Scrooge)영감이 생각납니다. 찰스 디킨스의 소설 '크리스마스 캐럴'의 주인공으로 등장하는 스크루지는 돈 욕심이 아주 많은 고리 대금업자로 남에게 늘 인색하게 굴었으나, 어느 날 밤 죽은 친구의 유령과 함께 자신의 과거, 현재, 미래를 본 뒤 깨달음을 얻고 베푸는 삶을 살게 됩니다.

✪ 열차를 놓치면 택시나 버스를 타고라도 목적지(目的地)에 도착 할 수 있지만, 사람을 놓치면 그런 사람 영원히 만날 수 없습니다. (사람이 재산입니다)

♣ 그림을 그리는 행위(行爲)는 곧 그리움을 표현하는 방식(方式)입니다. 누군가를 그리워하는 마음을 선(線)과 색(色)으로 남긴 것이 바로 그림이니까요.

07

목여청풍 穆如清風

♥ **목요일**, 목여청풍(穆如清風)이란 마음과 언행(言行)이 온화(溫和)하다는 뜻입니다.

⭐ '까치'는 태풍(颱風)이란 재난(災難)에 대비하기 위해 바람 불 때 집을 짓습니다.

이 얼마나 지혜롭습니까.

우리 인간들도 미물인 까치에게 배워야 할 것은 배워야합니다.

🍀 볕이 강하면 그림자가 짙듯이, 사랑이 크면 질투(嫉妬)가 강하고, 선망(羨望)이 크면 그 만큼 시기(猜忌)도 강한 법입니다.

| 08

금생고락 今生苦樂

♥ 금요일, 금생고락(今生苦樂)이란 현재 세상에서 겪는 고통과 즐거움을 말합니다.

⭐ 현대사에서 국제적(國際的) 도둑님은 박정희 전 대통령 입니다. 필리핀 정부에서는 자신들이 개발(開發)한 볍씨 (통일벼)를 국외로 반출(搬 出)할 시 마약 사범보다 더 엄하게 처벌하였지만, 박정희 전 대통령 은 우리나라 중앙정보부(中央情報部) 요원에게 지시하여 필리핀 볍씨 (통일벼)를 훔쳐오게 하였습니다. 정보 요원은 필리핀 정부에 들키 지 않으려고 자신의 혓바닥 밑에 볍씨 세 알을 숨겨 왔고, 이것을 당시 농촌진흥청장이었던 김인환 박사(안동 농림고등학교 출신)가 성공(成功)시켰습니다. 필리핀 정부는 단지 볍씨 세 알을 도난(盜難) 당하였지만, 우리나라에서는 국민(國民) 생명 양식(生命糧食)의 씨앗 이 되어 식량 자급자족을 이룩하게 되었습니다.

🍀 모든 새끼는 암컷의 성기에서 나오고, 세상만사 모든 일은 사람의 입에서 나옵니다.

| 09

토사호비 兎死狐悲

💙 **토요일,** 토사호비(兎死狐悲)란 토끼가 죽으니 여우가 슬퍼한다는 뜻으로, 같은 무리의 괴로움과 슬픔을 함께하는 것을 말합니다.

⭐ 여자가 죽는 날 까지 듣고 싶어 하는 말이 무엇인지 아십니까?
'지금도 당신이 제일 예뻐' 이 한 마디이면 모든 여자는 그냥 뻑 갑니다.
감동(感動) 그 자체입니다. 20대부터 70대 할머니까지 말입니다.
남자들이여!
가정의 평화를 위해 멋지게 뻥 한 번 아니 계속 칩시다. '당신이 제일 예쁘다고.'

🍀 여자란 아무리 연구를 계속해도 항상 완전히 새로운 존재(存在)라고 톨스토이는 말했습니다.

| 10

일엽장목 一葉障目

♥ **일요일**, 일엽장목(一葉障目)이란 나뭇잎 하나로 눈을 가린다는 뜻으로, 단편적인 것만 보고 전체적이고 근본적인 문제를 깨닫지 못함을 일컫는 말입니다.

⭐ 하나님이 우리를 창조하신 창조주(創造主)가 아니라, 우리의 진정한 창조주는 바로 부모님입니다. 묻지도 말고 따지지도 말고 무조건 효도합시다.
나의 창조주이신 부모님께~.

🍀 나이가 들어도 그리워하는 사람, 인기있는 사람이 되고 싶으면 입은 닫고 지갑은 여십시오.

| 11

월궁선녀 月宮仙女

♥ **월요일**, 월궁선녀(月宮仙女)보다 더 아름다웠던 여인은 조선 문종 때 자동선(紫洞仙)입니다. 중국 사신이 자동선을 보자마자 '아~, 경국지색(傾國之色)이로다'하면서 신음 소리를 자아낼 정도로 미인이었지만, 황진이처럼 튀는 행동을 하지 않아서 살짝 감춰져 있던 기생이었습니다. 자동선(紫洞仙)은 자하동(紫霞洞)의 선녀라는 뜻으로 부르게 된 애칭(愛稱)입니다.

✪ 구약성서의 이브가 선악과를 따 먹었다는 것을 한국 사람이 창시한 어떤 신흥종교(新興宗敎)에서는, 아담이 이브를 따 먹었다고 해석을 하고 있으니,
나~원 참~

🍀 칼에 베인 상처는 밖으로 나지만, 사랑에 베인 상처는 가슴속으로 납니다. 그래서 사랑 때문에 생긴 상처는 약도 없답니다.

화인악적 禍因惡積

♥ **화요일**, 화인악적(禍因惡積)이란 재앙(災殃)을 받는 것은 평소에 악(惡)한 일을 많이 쌓았기 때문이라는 뜻입니다.

⭐ 휴대폰이나 수첩에 적힌 이름으로 싸우지들 마십시오 제발. 그건 아무것도 아닙니다. 진짜 중요한 것은 다른 곳에 있습니다. 좋아하는 사람의 이름은 휴대폰 안에 있고 사랑하는 사람의 이름은 휴대폰 밖에 있습니다. 좋아하는 사람의 이름이 문자로 기록될 때 사랑하는 사람의 이름은 마음에 기록됩니다. 휴대폰 혹은 수첩에 적힌 죄 없는 사람 이름에 난도질하지 마시고, 사람 심장에다 불을 지르십시오. 그러면 술 한 잔 없이도 술술 불 것입니다.

🍀 한 번 떠난 사람의 마음은 세월과 같아서 잡을 수 없습니다.
   있을 때 잘 해

| 13

수국차 水菊茶

♥ 수요일, 수국차(水菊茶)는 달콤하고 이슬 같은 맛이 난다고 하여 이슬차라고도 합니다. 그리고 풍부한 식이섬유로 인해 다이어트, 성인병 예방, 숙취 제거, 당뇨 예방에 효과가 있습니다.

★ 황폐(荒廢)한 사회에서는, 인간에 돈을 더하면(+) 인격(人格)이 되지만, 인간에 돈을 빼면(-) 산송장이 됩니다.
나물도 돈나물을 즐겨먹고, 노래도 돈타령을 즐겨 부르며,
음식도 돈가스 찾는 세상이니,
얼마나 돈을 그리워했으면 요즘 '돈'자가 들어가는 음식을 즐겨 먹겠습니까.

🍀 남자가 술을 마시는 것은 사랑했던 여자와의 추억(追憶)을 더듬기 위해서이고,
여자가 술을 마시는 것은 사랑했던 남자를 잊고 새로운 사랑을 찾기 위해서입니다.

| 14

목안 木雁

♥ **목요일**, 목안(木雁)은 전통 혼례 때 산 기러기 대신 나무로 깎아 만든 목기러기를 일컫는 것으로, 기러기와 같이 백년해로 하라는 뜻입니다.

⭐ 성공(成功)하기 위해서는 두 가지 요소를 충족시켜야 합니다. 하나는 그 일을 시작하는 것이고, 다른 하나는 성공할 때까지 그 일을 포기 하지 않는 것입니다.

🍀 사랑한다고, 보고 싶다고 먼저 말하기 힘든 까닭은, 바로 너와 나 사이에 자존심(自尊心)이라는 악마(惡魔)가 있기 때문입니다.

| 15

금의행 錦衣行

♥ 금요일, 금의행(錦衣行)란 명성을 떨치고 부귀를 얻어 고향으로 돌아가는 것을 말합니다.

✪ 분명히 믿으면 신뢰를 받지만, 희미하게 믿으면 의심을 받습니다.

✿ 선망(羨望)이란, 자신이 하고 싶어도 할 수 없는 것을 타인(他人)이 하는 것을 보았을 때 부러워서 느끼는 감정을 말합니다.

| 16

토진간담 吐盡肝膽

♥ **토요일**, 토진간담(吐盡肝膽)이란 간과 쓸개를 모두 내뱉는다는 뜻으로 솔직한 심정을 모두 말하는 것을 뜻합니다.

⊛ 장무상망(長毋相忘), '오랜 세월이 지나도 서로 잊지 말자' 이 말은 추사 김정희가 그린 세한도(歲寒圖)의 인장에 찍힌 말로, 추사가 먼저 쓴 것이 아니라 2천 년 전 한나라 때 사용한 와당(瓦當)에서 발견된 글씨입니다.

🍀 거장(巨匠)은 기술 때문에 위대한 것이 아니라 노력 때문에 위대합니다. 하늘이 감동(感動)할 때까지 정성(精誠)을 다하면 이루지 못할 것은 아무것도 없습니다.

| 17

일간풍얼 一竿風月

💗 **일요일,** 일간풍월(一竿風月)이란 낚싯대 하나에 의지하여 세상의 모든 일을 잊어버리고 풍월(風月)을 즐긴다는 뜻입니다.

✪ 가장 시원한 복수(復讐)는 용서(容恕)하는 것입니다. 인간은 실수의 전문가이고 하나님, 부처님은 용서의 전문가라 하였으니, 오늘 잠시나마 당신이 하나님, 부처님이 되시어 상대의 모든 잘못을 용서하는 것은 어떻습니까.

🍀 열정(熱情)을 가진 사람 앞에서는 태양도 졌다고 두 손 들며 무릎 꿇고 항복합니다. (열정은 성공의 지름길)

| 18

월영즉식 月盈則食

♥ **월요일**, 월영즉식(月盈則食)이란 달이 꽉 차서 보름달이 되고 나면 점차 줄어들어 밤하늘에서 사라진다는 뜻으로, 한번 흥(興)하면 한번 은 망(亡)함을 비유하는 것입니다.

⭐ 비에 젖은 공화국, 헌법 제1조 1항 이 땅이 우리를 술 마시게 한다. 한 때는 우리에게 있어 술은 불만 스런 세상의 상징이었고, 손쉬운 도피처(逃避處)이자 오만(傲慢)이 서린 환각제였습니다.

🍀 프랑스 시인 보들레르의 술 철학은 역시 프랑스적 낭만이 깃들어 있습니다. '근로는 나날을 풍요롭게 하고, 술은 인 생을 행복하게 한다'고 하였으니까요.

| 19

화칠 火漆

💛 **화요일**, 화칠(火漆)이란 옻나무를 불에 그을려 빼낸 진액을 말합니다.

⭐ 서로가 자신을 조금씩 억제하고 상대에게 맞춰주려고 노력하는 분별과 양식이 있는 행동을 예의(禮儀)라 합니다. 그리고 예의나 도덕은 사회의 묵시적인 합의에 의한 규율입니다. 예의를 지킨다는 것은 선행(善行) 다음으로 사람의 마음을 사로잡는 것입니다.

🍀 웃는 얼굴에 가난은 없다고 했습니다.
고통, 좌절, 실패, 분노, 노여움, 불만, 가난도 웃으면서 세상을 보면 괴로움이 없어집니다. 웃고 사는 한 결코 가난은 없습니다.

수무과 誰無過

♥ 수요일, 수무과(誰無過)란 사람은 누구나 다소의 허물이 있다는 뜻입니다.

✪ 술은 원수(怨讐)를 사랑하게 하고, 술은 아름다움을 만들어내고 재미있는 에피소드와 따뜻한 인정(人情)을 만들어 내기 때문에 뭇사람들로부터 사랑을 받습니다. 그리고 술은 신(神)이 세상을 창조할 때 만든 걸작품(傑作品) 중의 걸작품입니다.

🍀 아침을 지배(支配)하는 사람은 하루를 지배하고 하루를 지배하는 사람은 인생을 지배한다고 했습니다. 행복한 인생 설계를 위해 아침을 지배합시다. 꼭~!

| 21

목욕음우즐부풍 沐浴霤雨櫛扶風

♥ **목요일**, 목욕음우즐부풍(沐浴霤雨櫛扶風)이란 장맛비로 목욕하며, 폭풍으로 머리를 감는다는 뜻으로, 모든 고생을 참고 일에 힘쓰는 것을 말합니다.

✪ 정주영, 이병철 두 분의 삶을 한마디로 요약하면 '친절이란 갑옷을 입고, 겸손이란 칼을 차고, 믿음과 신뢰를 가지고 세상과 싸웠다'라고 할 수 있습니다. 현대와 삼성이 세계적 기업으로 성장한 것은 바로 친절, 겸손, 신뢰라는 세 가지의 미덕(美德)이 만들어낸 합작품(合作品)이 아닐까요.

♣ 얼굴은 인생의 성적표입니다.

| 22

금침 衾枕

♥ 금요일, 금침(衾枕)이란 이부자리와 베개를 아울러 이르는 말입니다.

⭐ 대부분 사람들은 사랑의 앞면만 보고 사랑은 아름다운 것이라고 말합니다. 하지만 사랑의 뒷면을 보십시오. 뒷면에는 아픔도 슬픔도 눈물도 이별도 모두 뒤엉켜 있습니다. 그래서 사랑이란 단어에는 반대말이 없습니다.

🍀 말없는 보석(寶石)이 살아 있는 인간의 말보다 더 여자의 마음을 움직인다 하니~. (헐~)

| 23

토류 土罍

💜 **토요일**, 토류(土罍)란 중국 당우(唐虞) 때에 흙으로 만들었다고 하는 밥그릇을 말합니다.

⭐ 전 세계인(全世界人)이 애창하는 화이트 크리스마스White Christmas는, 글을 모르는 '어벙 리빙스톤'이 부르자 그의 비서가 받아 적은 것입니다.

🍀 눈물은 말 없는 슬픔의 또 다른 말입니다.

일상다반 日常茶飯

♥ **일요일,** 일상다반(日常茶飯)이란 항상 있어 이상하거나 신통할 것이 없음을 말합니다.

⭐ 산타클로스의 상징인 빨간 옷과 흰 수염은 코카콜라의 로고색인 붉은 색과 콜라의 거품을 상징하는 흰색에서 나온 상술입니다. 코카콜라의 광고를 담당했던 미국의 화가 '헤드 선드블롬'은 1931년 새터데이 이브닝 포스트지의 광고를 통해 산타를 작고 어린 요정의 모습에서 현재 우리에게 알려진 이미지로 재창조(再創造)한 것입니다.

🍀 루돌프 사슴은 매우 반짝이는 코를 가지고 있었습니다. 친구들은 그 코를 놀렸지만 산타클로스 할아버지는 그 코를 헤드라이트로 사용하여 캄캄한 밤을 밝혀 어린이 들에게 선물과 희망을 주었습니다.

 | 25

월궁 月宮

💜 **월요일**, 월궁(月宮)은 전설에 나오는 달 속에 있다는 궁전(宮殿)을 말합니다.

✪ 아이들이 웃으면 동네가 행복(幸福)하고, 국민들이 웃으면 나라가 행복해진다고 했으니 다가오는 새해엔 아이들 웃음소리, 국민들의 웃음소리로 가득한 세상을 만들어 봅시다.

🍀 웃음과 칭찬은 아낄수록 손해봅니다. 마음껏 웃고 마음껏 칭찬합시다.

| 26

화왕계 花王戒

♥ **화요일,** 화왕계(花王戒)란 신라 때 설총(원효대사와 요석공주의 아들)이 꽃을 의인화(擬人化)하여 지은 우화적 글로 우리나라에서 소설적 구성을 보인 최초의 작품입니다.

⊛ 꿈과 희망은 아무리 크게 가져도 세금(稅金)이 붙지 않습니다. 꿈이 크면 인생도 커지고, 꿈이 아름다우면 인생도 아름다워집니다. 그리고 위대한 나를 만드는 것은 결국 위대한 꿈의 결과물(結果物)입니다.

🍀 확실히 떠나면 새로운 것을 얻지만, 어설프게 떠나면 과거(過去)에 얽매이는 삶이 됩니다.

| 27

수처작주 隨處作主

💚 수요일, 수처작주(隨處作主)란 어딜 가든 무엇을 하든 주인의식을 가지고 중심(中心)이 되라는 뜻으로 당나라 때 임제선사가 하신 말입니다.

⭐ 남을 중상모략(中傷謀略)하는 자(者)는 칼로 사람을 해치는 것보다 더 죄(罪)가 무겁습니다. 칼은 가까이 다가가지 않으면 상대를 해칠 수 없지만 중상모략은 멀리서도 사람을 해칠 수 있기 때문입니다.

🍀 용기(勇氣)의 문은 뜻이 곧고 마음이 깨끗한 사람에게 열리고, 만족(滿足)의 문(門)은 마음이 따뜻하고 욕심(慾心)을 버린 사람에게 열립니다.

| 28

목무전우 目無全牛

♥ **목요일,** 목무전우(目無全牛)란 눈앞에 온전한 소가 남아 있지 않다는 뜻으로 일솜씨가 대단한 것을 말합니다.

✪ 절대 불평불만(不平不滿)을 하지 마십시오. 불평불만은 자신을 파괴하는 자살 폭탄입니다. 그리고 그림자를 보지 말고 돌아서서 태양을 바라보십시오. 바로 그 속에 내일이 있습니다.

🍀 욕심(慾心)은 근심의 씨앗이라 했습니다
욕심 부리지 말고 안분지족(安分知足) 즉 편안한 마음으로 자기 분수를 지키면서, 만족할 줄 알면 행복한 삶이 이루어집니다.

| 29

금련보 金蓮步

❤ 금요일, 금련보(金蓮步)란 미인(美人)의 아름다운 걸음걸이를 말합니다.

⭐ 그릇이 더러우면 무엇을 담아도 함께 더러워집니다.
마음의 그릇도 마찬가지입니다. 마음의 그릇을 잘 닦아두지 않으면 보고 듣고 생각하는 모든 것이 뒤틀리고 헛소리를 합니다. 마음의 그릇을 씻으려면 먼저 비워야 합니다.

🍀 표현(表現)하지 않는 사랑과 봉해 놓은 편지는 시력이 아무리 좋아도 보이지 않는 법입니다.

토사자주 免絲子酒

♥ **토요일,** 토사자주(免絲子酒) 한 잔으로 한 해 동안 일어났던 아름다운 사연들을 모두 그리움으로 남겨 둡시다. 이수광의 지봉유설에 의하면 토사자술은 원기 회복은 물론 정력을 왕성하게 하는 스테미너 식품이라 전하고 있습니다.

☆ 좋은 사람을 눈에 담으면 사랑이 느껴지고,
좋은 사람을 마음에 담으면 온기(溫氣)가 느껴지고,
좋은 사람과 대화를 나누면 향기(香氣)가 느껴지고,
좋은 사람을 만나면 아름다운 인연(因緣)이 생깁니다.

🍀 끝은 없습니다. 단지 새로운 시작(始作)의 출발점(出發點)만이 반복될 뿐입니다. 이별(離別)도 사랑의 끝이 아니라 새로운 사랑의 시작이자 출발점입니다. 그리고 이별은 아픔의 대상이 아니라 새로운 나를 찾아가는 여정입니다.

| 31

일로평안 一路平安

♥ **일요일**, 일로평안(一路平安)이란 가는 길마다 평안하기를 기원하는 것을 뜻합니다.

✪ 밤은 아침을 이기지 못하고,
겨울은 봄을 이기지 못하고,
불행(不幸)은 행복(幸福)을 이기지 못하고,
절망(絕望)은 희망(希望)을 이기지 못합니다.

✿ 악마와 천사의 차이는 모습이 아니라 말과 행동의 차이입니다.

- 강춘, 「프러포즈 메모리」, 천케이
- 고도원, 「사랑합니다. 감사합니다」, 홍익출판사
- 구리료헤이 · 다케모도 고노스, 「우동 한 그릇」, 청조사
- 구지선, 「지는 것도 인생이다」, 성안당
- 김경훈, 「뜻밖의 한국사」, 오늘의 책
- 김부림, 「동양 고전의 힘」, 부광
- 김옥림, 「마음에 세기는 명품명언」, 미래북
- 김용한, 「짧은 글 큰 지혜」, 씽크뱅크
- 김욱, 「유대인 기적의 성공비밀」, 지훈
- 김진배, 「유머가 인생을 바꾼다」, 더블북 코리아
- 김진수, 「사색 꽁다리」, 시한울
- 나카시마 다카시, 「리더의 그릇」, 다산
- 나카야마 시게루, 이필렬 · 조홍섭 옮김, 「과학과 사회의 현대사」, 풀빛
- 노경원, 「늦지 않았어 지금 시작해」, (주)시드페이퍼
- 노학자, 「의심스러우면 쓰지말고 썼으면 의심하지 말자」, 파노라마
- 다이애나 홍, 「책 속의 향기가 운명을 바꾼다」, 모아북스
- 데이비드 사우스웰, 이종인 옮김, 「음모론」, 이마고
- 렁청진, 장연 옮김, 「지전」, 김영사
- 로자먼드필처, 「비에 젖은 꽃들」, 고려원
- 류정담, 「적을 내편으로 만드는 대화법」, 창작시대
- 리 볼먼, 테런스 딜, 「내 길에서 걷고 있는 영혼을 만나다」, (주) IGM세계경영연구원
- 리즈쥔, 유진아 옮김, 「혼자병법」, 비즈니스 맵
- 린다피콘, 「365 매일 읽는 긍정의 한줄」, 책이 있는 풍경
- 마이클 조, 김영숙 옮김, 「금을 부르는 공감화술」, 도서출판 나무물고기
- 모니카 봄두첸, 김현우 옮김, 「세계명화 비밀」, 생각의 나무
- 박은서, 「마음에 새겨두면 좋은 글」, 새론북스
- 박재희, 「3분 고전」, 도서출판 작은 씨앗
- 변양균, 「경제철학의 전환」, 바다출판사
- 블라디미르, 「한 걸음 앞으로 두 걸음 뒤로」, 서울대학교 자료선 출판부

- 사오유에, 「생각의 함정」, 씽크뱅크
- 송호근, 「이분법 사회를 넘어서」, (주)다산북스
- 쇼팬하우스어, 「지혜의 명언」, 꿈과 희망
- 스테판M. 폴란, 마크레빈, 노혜숙 옮김, 「다 쓰고 죽어라」, 해냄출판사
- 스티븐 호킹, 현정순 옮김, 「시간의 역사」, 삼성출판사
- 스팬서 존슨, 형선호 옮김, 「선물」, (주) 알에이치 코리아
- 신영복, 「감옥으로 부터의 사색」, 돌베개
- 신장렬, 「일어나라」, 도서출판 그루
- 신호웅, 「난세 인간 경영」, 경혜
- 심상훈, 「공자와 잡스를 잇다」, 멘토
- 아이작 싱어, 「인간쓰레기」, 고려원
- 아잔 브라흐마, 류시화 옮김, 「술 취한 코끼리 길들이기」, 연금술사
- 알루보물레 스마나사라, 신선희 옮김, 「나를 다스리는 마음 처방전」, 동해출판
- 엘버트 허버드, 「가르시아 장군에게 보내는 편지」, 새로운 제한
- 열여, 「날마다 새롭게」, 예담
- 오세키 소엔, 「신경 쓰지 않는다」, 큰나무
- 오연천, 「결정의 미학」, 21세기북스
- 유시민, 「청춘독서」, 웅진 지식하우스
- 유재근, 「눈썹에 종을 매단 그대는 누구인가」, 나들목
- 이기주, 「말의 품격」, 황소북스
- 이기주, 「언어의 온도」, 말글터
- 이기주, 「적도 내편으로 만드는 법」, 황소북스
- 이덕일, 「조선왕 독살사건」, 다산초당
- 이득형, 「유머와 화술」, 안다미로
- 이리유카바 최, 「그림자 정부」, 해냄출판사
- 이명수, 「한국 오백년 야사」, 지성문화사
- 이수광, 「부의 얼굴신용」, 스타리치 북스
- 이외수, 「그리움도 화석이 된다」, 동문선
- 이외수, 「꿈꾸는 식물」, 고려원
- 이외수, 「나는 결코 세상에 순종할 수 없다」, 해냄출판사
- 이외수, 「내가 너를 향해 흔들리는 순간」, 해냄출판사
- 이외수, 「바보 바보」, 해냄출판사
- 이외수, 「버림받은 것들을 위하여」, 금문서관

- 이외수, 「벽오금학도」, 해냄출판사
- 이외수, 「사부님 싸부님 1,2」, 해냄출판사
- 이외수, 「아불류 시불류」, 해냄출판사
- 이외수, 「여자도 여자를 모른다」, 해냄출판사
- 이외수, 「장외 인간」, 해냄 출판사
- 이외수, 「절대 강자」, 해냄출판사
- 이외수, 「청춘불패」, 해냄출판사
- 이외수, 「하악하악」, 해냄출판사
- 이우각, 「조선역사의 비밀」, 한국학 자료원
- 이우영 편역, 「고사성어 대백과」, 손빛
- 이재규 편, 「무엇이 당신을 만드는가」, 위즈덤 하우스
- 이재명·정문훈 저, 「단어따라 어원따라 세계문화 산책」, 미래의 창
- 이한우, 「왕의 하루」, 김영사
- 임원화, 「하루 10분 독서의 힘」, 미다스 북스
- 임헌영, 「명작 속의 여성」, 공동체
- 제임스C, 흄즈 저, 이채진 옮김, 「링컨처럼 서서 처질처럼 말하라」, 시아출판사
- 조항범, 「우리말 어원 이야기」, 예담
- 지그지글라, 「정상에서 만납시다」, 학일출판사
- 진중권, 「생각의 지도」, 천년의 상상
- 짐 스토벌, 정지운 옮김, 「최고의 유산 상속받기」, 예지
- 채사장, 「지적 대화를 위한 넓고 얕은 지식」, 한빛비즈
- 최염순 엮음, 「카네기 명언집」, 카네기연구소
- 최종길, 「사랑한다 더 많이 사랑한다」, 밝은 세상
- 케빈케롤·밥 엘리엇, 「요점만 한 말씀」, 경성라인
- 톰 슐만, 「죽은 시인의 사회」, 도서출판 모아
- 한기욱, 「병법 삼십육계」, 고려원
- 혜민스님, 「멈추면 비로소 보이는 것들」, 쌤앤 파커스
- 황원갑, 「한국사를 바꾼 여인들」, 책이 있는 마을
- D,카네기 부부, 「화술로 성공하라」, 율곡문화사
- H,J,슈퇴릭히, 「세계 철학자 상,하」, 분도 출판사

365일, 인생은 밀가루 반죽이다

초판 발행 | 2021년 7월 7일

지 은 이 | 박해양
발 행 인 | 김길현
발 행 처 | ㈜골든벨
등 록 | 제 1987–000018 호   ⓒ 2021 Golden Bell
I S B N | 979-11-5806-461-7
가 격 | 16,000원

이 책을 만든 사람들

책 임 교 정 | 박혁   **교 정** | 황명숙
디 자 인 | 조경미, 김선아, 남동우   **제 작 진 행** | 최병석
웹 매 니 지 먼 트 | 안재명, 김경희   **오 프 마 케 팅** | 우병춘, 이대권, 이강연
공 급 관 리 | 오민석, 정복순, 김봉식   **회 계 관 리** | 이승희, 김경아

㉾04316 서울특별시 용산구 원효로 245(원효로1가) 골든벨 빌딩 5~6F
● TEL : 도서 주문 및 발송 02-713-4135 / 회계 경리 02-713-4137
　　　　내용 관련 문의 02-713-7452 / 해외 오퍼 및 광고 02-713-7453
● FAX : 02-718-5510   ● http : // www.gbbook.co.kr   ● E-mail : 7134135@ naver.com